名家名篇

听，花开的声音

吴凤鸣 著

江西高校出版社

JIANGXI UNIVERSITIES AND COLLEGES PRESS

图书在版编目（CIP）数据

听，花开的声音 / 吴凤鸣著 . -- 南昌：江西高校
出版社，2024.1
（名家名篇）
ISBN 978-7-5762-2000-1

Ⅰ . ①听… Ⅱ . ①吴… Ⅲ . ①散文集－中国－当代
Ⅳ . ① I267

中国版本图书馆 CIP 数据核字（2021）第 186712 号

出 版 发 行	江西高校出版社
地　　　址	江西省南昌市洪都北大道 96 号
总 编 室 电 话	（0791）88504319
销 售 电 话	（0791）87919722
网　　　址	www.juacp.com
印　　　刷	永清县晔盛亚胶印有限公司
经　　　销	全国新华书店
开　　　本	700mm×1000mm　1/16
印　　　张	14.5
字　　　数	156 千字
版　　　次	2024 年 1 月第 1 版 2024 年 1 月第 1 次印刷
书　　　号	ISBN 978-7-5762-2000-1
定　　　价	58.00 元

赣版权登字 -07-2021-1267

生活是绚烂多姿的

——《听，花开的声音》序

罗昭伦

重庆旅游区万盛，既是中国优秀旅游城市，也是中国散文之乡。近年来，散文创作十分活跃，涌现出了一批有实力的散文作家，吴凤鸣便是其中之一。她的散文集《听，花开的声音》出版，是万盛文学创作的又一个新成果。无论对她本人，还是对推动万盛文学创作工作迈上新台阶，都是一件大好事。

既然是好事，她嘱我为其作品集作序，这真令我有些为难。因为写此类文字，一般是由位高权重者，或学贯古今的饱学之士操刀。即便是没有什么学识，至少也有半尺花白胡须、垂垂老矣者才能为之。因为这些话放在书的前面，应该是一言九鼎。我虽有德但无能，所以，不敢在人家书的前面狂言。凤鸣妹妹比我小很多，对我这个当哥的如此"看重"，再三"纠缠"，且言辞恳切，我不能太不识趣了吧，也没有再推托的理由了。无奈之下，只好东拉西扯几句。

在我的记忆中，凤鸣最早是从写诗起步的。多年前，我在区委宣传部工作时，从她的诗歌里认识她。如果说诗歌写作是凤鸣的一只脚，那她正努力让散文写作成为她的另一只脚。后来负责编辑《万盛文艺》时，读她的散文，使我之前较为模糊的感觉忽然间变得清晰起来：尤其在今天，要经常听听女性的声音。因为很多时候，女人的"声音"常常比容貌更重要。要不然，这个社会就要被男性的思维和"命令"弄得糊里糊涂，找不到东西南北了。

散文集《听，花开的声音》，共收录六十二篇作品，十多万字。全书共分五个篇章：一、爱在心，口难开；二、听，花开的声音；三、爱在山水间；四、心有千千结；五、我思故我在。书中的这些作品，大多以唯美、轻灵的文字，展现生活中的所思、所感、所悟，以诚挚、深情的笔触，描述亲情、人文、美景、情思。或令人赏心悦目，或令人掩卷深思，或使人感同身受，或使人不禁莞尔。读这些文章，可以感受到她心中流溢荡漾着的朴实和率真，品味到一股淡雅有致的生活芬芳，给人以美的享受。

曾听人说，散文的最高境界是：诗意的美，绘画的美，人情的美，真实的美，犀利的美。著名作家周国平认为：平淡是散文的最高境界。在我看来，散文的语言，似乎既比小说多了几分浓密和雕饰，又比诗歌多了几分清淡和自然。因为散文简洁而又潇洒，朴素而又优美，自然中透着情韵。阅读凤鸣的作品，无论从文章的谋篇布局，语句的凝练性，还是从思想性、艺术性上，都能看出她是一个善于运用心境写作的人。书中对人生经历、家庭、朋友的款款回忆；对人生价值、社会现象的独到感悟；对祖国大好河山、曼妙风景的孤独清欢；对淡定之从容和最美旋律的生命弹奏……让人目不暇接。尤其是她对人生轨迹的追踪，描绘出的是一卷多姿多彩的心路历程图画。一路慢慢读来，散文集里的许多文章，令我感慨颇多，赞叹不已。

有一种美，不需要华丽外表来装扮；有一种情，是灵魂深处的相依相偎；有一种景，是此生一遇便就此沉沦；有一些文字，只需看一遍，便终生难忘。这本集子中的散文，大多像书名一样，充满阳光。它温暖、轻快、跳跃，充满灵性。在这些文章中，我读到了她对故土的由衷思念，对人生的执着追求，对亲人无私的爱，对名川秀水的向往与崇拜，以及对社会和生活给予的美好一切所抱着的感恩之心。她是一个来自山村、走向城市、向往完美的人。有句话叫"文如其人"。在许多文章中，还让我读到了她如山一样淳朴的思想，水一样清澈的情怀，乃至善良、明亮、积极向上的健康灵魂。由此可以看出，无论是作文还是做人，这一点是极其重要且难能可贵的。

文学作品的持久生命力，在于深刻展示永恒不变的人性，亲情自然成为永难规避的命题。在凤鸣的这些散文中，真情写得颇有厚度。她写的父母、丈夫、女儿，一字一句无不透出对浓浓亲情的眷恋。这种眷恋更多是一种感恩与珍惜，这种懂得感恩的情愫，伴随她从童年时代走到青年时代。让我高兴的是，在《母亲的爱情》中，我能够感受到作者真实情感的流露："一个人一旦有了自己认定的爱情，不管有多少付出，显得有多么卑微，都是欢喜的。我的母亲，就是这样。"我喜欢读这样的文字，因为写这种文字必要有好的性情和好的感觉，没有这样的感觉是写不出来的。

其实，在我读书学写作文的时候，就听老师说过：作文要有

感而发。"有感而发"这四个字，可以说是写作最核心的精髓了。因为空洞的新奇、虚假的编造，不会让读者产生共鸣。说实话，有感而发的文章不一定是好文章，但真正的好文章一定是有感而发的。一个人能够原汁原味地将自己内心世界里储存的一些东西，利用文字的形式，毫无保留地披露出来给大家看，是需要勇气的。比如，她在《老公与酒》一文中写道："适量地喝一杯两杯，于人，于情，于事，都大有裨益。"文章里藏有太多的温暖，就像与一个邻家妹妹娓娓交谈，我读到的是一个纯真的、善良的女孩的内心世界。

记忆，是最神奇的东西。温暖的岁月，总会留下些许欢声笑语，不知疲倦地提醒着我们的曾经。凤鸣人年轻，记性也好，去过很多地方，凡是她走过的土地上，都留下了鲜明的印记。有幸从她的文字里继续亲近祖国的壮丽山河，这是令人欣喜的事情。在这本书中，她既写故乡的风情，比如《梦醉凉风》《老街印象》《炭花古道》等；也写远方的美景，比如《鸣沙山·月牙泉》《静静的束河》《我的蓝色之恋》等。她在记叙自然风光、抒发游览感受时，一个感觉连着一个感觉，连续性的感觉不停地闪烁，不仅如临其境地带着读者去感受祖国的大好河山，更写出了这些风景名胜中深刻的精神寄托与文化的传承，让人惊奇于她哪来这么多的感觉。

按我的理解，散文的美就在于它的散，就在于它的文体自由，心之所想，意之所到，随心所欲，随意道来。如果说世界舞台是个大循环，那么人生则是这个舞台上的小循环。人，心至善，情至诚，志必坚。如果一个人来到这个世界上，却总是围绕这些循

环奔波，就会错失很多美好的东西，也触发不了不同的人生感慨。而她在《幸福的方向》《一切那么美》《别把爱情弄丢了》等篇章中，不仅跳出了这些"小循环"，而且还解脱了诸多的困惑，更多的是幸福的体验、人生的豁达以及获得质感的生命张力。

凤鸣曾是一位优秀的人民教师，在《付出，收获即在》中，她极力让自己珍爱教师这个职业。她说："真正的幸福和愉快，包容于为社会、为民众、为人类不断地发现美、创造美的实践活动之中。行走于教育这条路上，我尽管保守，但我想，我应该是一个幸福而愉快的人。"后来，她从这个岗位上被选拔出来，成为区党工委宣传部的干部。工作之余，常年笔耕不辍，在写作过程中，她感到充实，感到愉悦。在《最美人间四月天》中，她这样写道："一天下来，累了，慢下节奏。那些干净而温和的阳光，正好从窗外斜斜地照进办公室，落在翻开的书页上，迷离着我喜欢的那几行文字，成一道风景。每当这些时候，我总是可以慢下来，捧着书页，把清清浅浅的时光，交付心灵，扣响生命的风帆。"这种心境，是所有热爱文学创作的人毕生追求，并引以为豪的境界。

文中有画，画在文中；人在画中走，画由心中生。这是凤鸣《听，花开的声音》一书的特色。这些斑斓的色彩，不是通过画笔描绘的墨色线条，而是以生动、真实、精炼而朴素的语言来营造的意境。还有就是，这部书写得很真实、真切，许多篇章写得十分逼真，因为作者恪守的是一个"真"字。从我个人的生活和书本阅历来感受这些文字，感到作者笔下全是真言，没有一句假话，根本就没有去进行所谓的艺术加工和编造。正因为质朴简单、原汁原味，也才具有了文化意义，从而突破了一般的文学意义，增

大了这部作品集的人文容量。

当我一字一句读完这本书后，眼前闪现出一朵朵幽兰灿烂绽放，在那芬芳氤氲的图画里，听到了花开的声音。因为这本书中的每一篇作品，都是一朵美丽的花，这些开放在渝南黔北的大黑山脚下的花，是那样的富有生命力，那样的朴素典雅，那样的竞相散发清新的芳香。如果要我指出这本书的瑕疵之处，我估计是由于时间仓促的原因，有些文字似乎还须打磨，有些地方似乎不宜直露。但瑕不掩瑜，总的来说，这本书颇有阅读的价值。

对凤鸣的文字我不必多说了，因为不是我这几句话就能够说得清楚的。最后，我在衷心祝贺凤鸣散文集问世的同时，也虔心地祝愿她今后不断写出新的优秀篇章。

2019 年 6 月 6 日

目　录

1

听，花开的声音

第一辑：爱在心，口难开

　　家是心灵的港湾，人生的驿站；是感情的归宿，灵魂的延续。有家才有温暖，有家才有幸福。还记得那盏亮在黑夜里的灯吗？它会永远为你照亮归家的路。灯下，有母亲的身影，父亲的牵挂……

母亲三章

白　发

母亲从重庆回来，风尘仆仆。

我说："先到我家里洗个头和澡，我再送你回去。"母亲欣然应允。

给她找好了换洗衣服，放好了热水，我便坐到沙发上看女儿正看的电视——《家有儿女》。剧中的母亲还年轻，儿女们还小。一家人的吵吵闹闹中，也一并带来了欢乐。和谐有爱的中国式家庭。看着目不转睛对着电视哈哈大笑的女儿，我的心却难以释怀。

母亲洗好澡，我让她坐到梳妆台前，为她吹干头发。母亲说："不用，一会儿就干了。""这么冷的天，吹一下干得快。"我强调。母亲拗不过我，于是坐到了梳妆台前。其实，对于我说的话，母亲一向都是不反对的。

待她坐定，我拿出电吹风给母亲吹头发。母亲说："我自己来吧。"我说："你坐下，我来。"我用手理了理母亲湿湿的头发，打开电吹风。暖风穿过我的手指吹到母亲的头上，母亲已白了近百分之八十的头发被轻轻吹起。我明显地看到，几缕花白的头发被吹起又落下，吹起又落下。我脱口而出："妈，你的头发都白了。"

"已经白了几年了。"

什么？几年了？

我的心不由得一痛。母亲的头发从什么时候开始变白的，我竟全然不知。我只知道，这些年来，母亲一个人在乡下老家，我虽常回去，给她买穿的，买吃的，关注她的健康，但却忘了一点，母亲变老了。

是的，母亲老了。

我从镜子里看着我的母亲，她的脸上已出现好多沟壑，充满慈祥，略带着忧伤的面容里，显出几分让人难以察觉的焦虑。眼睛已显得混浊，微微发胖的身体倒是让她的矮小没有那么明显。

母亲老了。

我知道，虽然现在她不愁吃穿，但心里却依然放心不下小弟。我多次劝她，弟弟都三十多的人了，不要担心他。母亲却说，他离了婚，一个人在外，也不晓得一天怎么过的。

我怪母亲命不好，操心了大半辈子，现在都老了，还操心。母亲说："哪个做母亲的不是这样的呢？"母亲的话，我无从反驳。想着客厅里看电视的女儿，我又何尝放得下她？

母亲的头发短而少，一会儿工夫便吹干了。我轻轻地为她梳理，绑好。我说："好了。"母亲转过身，显得有些不好意思，说："没想到你还为我梳头发。"

我的心猛地抽了一下。记忆中，这辈子，我好像是第一次为母亲梳头。我愧疚不已。"妈，以后我经常给你梳头。"母亲看着我，不好意思地笑了。

晚饭过后送母亲回去，天已黑尽。乡村的夜来得早，特别是冬天，九点不到，就已见不到几间亮灯的屋。车到院坝，父亲早已等在门口。

"快进屋烤烤火吧。"父亲招呼着。还未下车，母亲便要父亲到房屋边上的自留地里为我们摘菜，说自己种的，没有农药。"再拿点鸡蛋回去吃。这几天刚下的，新鲜。"母亲喋喋不休，"再拿点米，我们尝过了，这米好吃，也放心。"

不等我陪父亲到地里摘回白菜，母亲便为我拿来了鸡蛋和米，放进了后备厢。

"我走了。"装好东西，我和父母告别。"好，路上慢点开。"车已行至大路，我转头看去，远而昏暗的灯光下，母亲还站在院坝边上。冷风中，她头上的几缕花白头发肯定又被吹起，飘飞成一道风景，定格在我酸涩的内心。

母亲的爱情

张爱玲说："见到他，她变得很低很低，低到尘埃里，但心是欢喜的，从尘埃里开出花来。"这是张爱玲的爱情，爱得卑微却满心欢喜。每次读到这里，我的心便无从释怀。

　　我的母亲，一个出生于 20 世纪 50 年代的农村妇女，没上过一天学。她不知道什么是爱情，也从没想过这个问题。但自从嫁给我的父亲后，父亲就是她的天，她的全部。她对父亲敬重、顺从、关心、照顾。她认为，对自己的男人好，便是三从四德，便是三纲五常，一个女人，做到这样就好了。对父亲的亲人、朋友，母亲热情、宽容。母亲说，对父亲的亲人、朋友好，父亲才会让人尊重，在生活中才会有面子。母亲就这样时时事事为父亲着想。我认为母亲的爱也是卑微的，但我却能感觉到她从尘埃里开出的爱之花，让她欢喜而满足，幸福而甜蜜。

　　我的父亲只有初小文化，听他说，五十年代初期，家里粮食短缺，他只上过三年学，十二岁便开始为一大家人的生计跑江湖。父亲能说会道，热情好客，喜欢看书、下棋，也喜欢划拳喝酒。为此，家里常有朋友到访。在我们逼仄的半边（和幺爸一家共享一间）堂屋里，父亲和他的朋友经常喝酒到凌晨还不散去。每次，母亲就守在父亲身边。父亲说，去煮一个白水菜来，母亲就会微笑着重新择菜，端锅上灶，很快去把白水菜端上桌；父亲说，去把那个菜热一下，母亲便立刻热好了端上来；父亲说，去弄点泡菜来，母亲又赶快端来泡菜。一直等父亲和他的朋友们酒足饭饱后离开，母亲才开始收拾残桌，打扫卫生。等打理好一切，常是凌晨一两点。有时我睡醒了，还常看到母亲一个人在收拾碗筷。我稍大一些的时候问母亲，父亲为什么不和你一起收拾。母亲总是瞪我，哪个家里的男人还做这些事的？以后不许再说这样的话。我不太明白，也没敢多问。

　　父亲朋友多，也经常去朋友家喝酒。母亲怕父亲喝醉，就安

排我跟父亲一起出行。小时候的我特别受父亲的宠，他也乐意带我去。于是，我常跟在父亲身后，在夜深人静之时他喝醉酒后牵着他的衣襟，摇摇晃晃回家。每当这个时候，母亲总是等在家门口，父亲刚到，她就马上扶父亲躺下，然后打来水，给他洗脸、洗手、洗脚。父亲体格高大，每次母亲都要费很大的劲才搬得动他，就连冬天也常弄得她满身是汗。等弄停当这些，母亲又去找来蜂蜜兑成水，让父亲喝，说是解酒。父亲每喝醉一次酒，母亲就得折腾大半个晚上，却从没有半句怨言，表现出半点不悦。只是看到父亲吐得厉害难受时，常会说一句："让你少喝总是不听。"每说这话时都是满满的心疼。每次看到母亲为父亲忙前忙后累得够呛，我也没有觉得母亲有什么特别之处，她依然笑着，好像从不感到疲惫和劳累。我常想，母亲所做的一切，是一个妻子应该做的吧。

父亲和我们几个兄弟姐妹，在母亲的照顾下，平静地生活了十多年。

好景不长！父亲四十六岁那年，他带着一个年轻的也读过几年书的女子远赴云南，开启了他的新生活。留在家里的母亲，那个以父亲为天的母亲，那个视父亲为全部的母亲，那个愿为父亲付出一切的母亲，一下子，她的天空坍塌，命若游丝。等眼泪泡湿枕头多天后，看着只有十多岁、七八岁的四个子女，母亲坚强地起身，拖起更加单薄的身子，开始更加漫长而艰难的生活。

十年生死两茫茫，不思量，自难忘。十年的时间，父亲一直杳无音讯。可怜的母亲，人前依然是一副坚强身影，人后，心碎成泥。人不在，情难灭，不问人间情安何处，心从未忘却。

十年后，父亲带着他的另一双儿女回到故乡。

　　他新安的家离我们很近，但我们遵照母亲的意愿，不相往来。此时的母亲，我不知道她内心的真实感受，我一直不敢在她面前提起父亲，更不敢问她对于父亲的爱与恨。只是我常看到她在夜深人静之时，默默地流泪。十年来，母亲一直坚强到现在，只顾每天早出晚归做农活，没有露出太多的悲伤，只是变得不太爱说话，脸上没有了以往的略带甜蜜的笑容，总是沉郁着。我不知道母亲在这十年里是否真的忘掉了父亲。现在知道了父亲就在离家不远的地方，还可常看到父亲在老家临近的地里劳作，在母亲的心里，或许就再也平静不下来了。

　　我上班的地方离家不远，我经常下班后回去看母亲。有时会看到大方桌上有些菜呀什么的，母亲没种过这些菜，我问母亲哪来的，她也不答。后来听邻居说，我父亲来过，放下菜就走了。再后来有几次我也看到家里多出一些礼品之类的东西来，我问母亲，父亲来过了？母亲照样不回答，我也不多问。但我明显感觉到对关于父亲的提及，母亲没有表现出强烈的反对。有一次在我和父亲的交谈中，父亲说，他对不起母亲，想两个家都照顾着。看着日渐衰老的母亲，我没有多说什么。我想，对于母亲，父亲确实是应该表达一些歉意的。他愿来照顾着就照顾着吧，只要母亲不反对。渐渐地，我发现母亲也没那么反感父亲，偶尔父亲还会留下吃一顿饭再走。母亲的脸上，我看到她露出了多年未有的一丝淡淡的笑来。

　　没有阴霾的日子变得轻快了许多。一晃又是十年过去。

　　那一年，父亲已六十八岁，虽然年老，但身体还算硬朗。经人介绍，父亲被重庆一家机械厂的老板找去做临时工，做一些轻松的活。我劝他说，年纪大了就别去了，但父亲说他还有孩子在上学，需要用钱，能挣点就挣点吧。我拗不过父亲，他最终还是去了。但没有想到的是，他上班两天后，我接到他老板打来的电话，说父亲在下料的时候，因和另一个开机器的工人配合不好，右手掌被机器全部削掉，现正在重症监护室做手术。我一听，安排好手上的事就往医院跑。本没有打算告诉母亲，但不知道她从哪儿也听到了消息，她打来电话说，非要跟着我们去医院。在电话里，我明显感到母亲的哽咽。我没有说什么，带着母亲直奔医院。

在重症监护室里，父亲还处在昏迷之中，我透过玻璃门看到母亲站在父亲的病床前，她没有说话，只有眼角的泪不停地流。直到护士说探视时间到了，她才被拉出病房。

经过两个月的治疗，父亲出院了，右手掌是通过手术接上了，但是已没有知觉，活儿肯定干不了，自己的饮食起居更是成问题。医生说，多锻炼右手，以后或许可以有点知觉，但希望渺茫，近段时间得有人照顾他的生活。听了医生的话，我看看母亲，母亲顿了下，把我拉到一边，悄悄说有件事一直没跟我讲。原来早在三年前，父亲的现任妻子就外出无消息，听说是和父亲吵了架，出走了。几年来父亲一直是一个人生活。我们吴家的亲戚都劝母亲，一日夫妻百日恩，让父亲回来，重新和她生活在一起。母亲说完这事，我看到她脸上有红晕。我知道，父亲如果要回家，母亲是不会反对的。现在遇到父亲正需要人照顾，我问母亲，你愿意吗？母亲说，只要你没意见，我没有什么不愿意。说完用企盼的眼神看着我。自从父亲离开这个家，母亲大事小事都要征求我的意见，只要我同意的事，她都不反对。看着已头发花白的父亲，

我还能说什么呢？或许，这也是母亲多年来一直藏着的心愿。

父亲又回到了他年轻时的家，母亲依然像年轻的时候一样照顾着父亲。因父亲的手不方便，母亲给父亲夹菜喂饭，给父亲洗澡、穿衣，精心照顾着。

三年过去了，父亲的右手也有了好转，现在能用左手吃饭，还能下地和母亲种点蔬菜。现在的母亲，仿佛又恢复了二十多年前的生活状态，她的脸上明显没有了忧郁。每天和父亲一起，喂鸡、喂鸭，母亲摘菜，父亲背菜，虽然劳累了些，但看得出来，她是快乐的。我们几个姊妹也常回去看他们，母亲也是忙前忙后。她发自内心地快乐着，脸上的笑容时不时露出来。我常悄悄对弟弟妹妹们说，母亲这么多年，其实从来就没放下过父亲。执子之手，与子偕老，母亲虽然不一定知道那些说法，但却一直坚守。

电视剧《还珠格格》里紫薇的娘说乾隆皇帝让她等了一辈子、盼了一辈子、怨了一辈子、恨了一辈子，可仍然感激上苍让她有这个可等、可盼、可怨、可恨之人。可见，一个人一旦有了自己认定的爱情，不管付出多少，显得有多么卑微，都是欢喜的。我的母亲，就是这样。

母亲的笑容

快到冬至了，黑山的雪又开始飘飞。鸟尽弓藏，一切都好像静了下来。

母亲抱一些柴火进屋，把灶膛烧得旺旺的，随即把堂屋的电炉打开。一会儿工夫，屋顶便炊烟袅袅，淡淡的松香味飘进我的屋子。还躺在床上的我，知道母亲又早起了。

门被轻轻推开。"醒了？""嗯。""快起来吧，晓得你怕冷，屋子都暖和了。我给你煮最爱吃的醪糟蛋。"母亲面带微笑站到床前对我说。

自父亲离家出走以来，母亲的笑容就再也看不见了。尽管我常回来看她，也没见她开心过。最近一年，不知怎的，母亲像变了个人，热情、乐观，总是笑容满面。

前不久，一个贵州遵义（我们家曾在遵义住过一年）的老朋友办事来访，母亲硬是把人留了三天。说现在坐车方便，应该多玩几天。她一直喋喋不休地告诉客人，现在的家境好了，周围环境变了，到处都是景区。还特地告诉客人，离我家不远的梦乡渔村、板辽金沙滩非常漂亮，一定要去看看。后来听说，客人还真去看了，而且对我们家乡的变化赞叹不已。我知道后，笑母亲说，怎么变成打旅游广告的了。母亲笑着说："本来就是好啊！"

坐在暖烘烘的火炉旁，母亲端来了醪糟蛋，整个屋子春意融融。见我吃得香，母亲又说开了。今年的溱州蜜柚丰收了，又大又甜。走的时候，一定要多买点回去，给朋友也带点。我知道母亲说的溱州蜜柚，就在我家对面，万梨公路的两旁，那是青年镇的生态农业示范区种植的五千余亩蜜柚林，年产达一百二十万斤。这片蜜柚林，促进了乡村旅游经济的发展。这一片柚子林，一年四季都是一方美景。花开时节，香飘几里。行车在路上，也携一路芬芳而去。待果子成熟，清爽的柚香扑鼻而来，沁人心脾，让

人垂涎欲滴。

确实，现在家乡的变化还真是大。站在院坝向外望去，白色的水泥路修到了家家户户的门前，又蜿蜒盘曲在一块块田土之间，青白相间，煞是好看。那些白墙红瓦的农家院，都是一些造型别致的小洋楼，还有不少的楼旁停放着小轿车。不用问，老百姓的日子是越过越红火了。再看我们家，三十年前修的房子，本来已是陈旧不堪了，但在前不久，得到政府的楼房改造补贴，房里房外都重新装修了一番，也变成小洋楼了。怪不得母亲一天都在乐！

"走，我们今天坐车去青山湖看一下。""前几天不是才去过吗？""没看安逸，再去看下。反正一元公交，方便。"院子里，母亲和几个婶娘又在邀约出行游玩。我又看见母亲脸上的笑，孩童般的，如此烂漫。

四块菜地

　　母亲有四块菜地，都在房前屋后。根据国家农村土地承包三十年不变政策，我和妹妹们外嫁后，土地都在母亲的名下。母亲由此拥有很多的地，但她独爱这四块。

　　母亲的这四块菜地，一年四季都不会空着，要么撒种，要么点豆，要么种葱，要么育苗，菠菜、韭菜、莴苣、白菜、洋芋……应有尽有。母亲说："地里有，你们的碗里才有。"我们说："您不种，我们碗里也会有。"每当这个时候，母亲总是会瞪我们几眼："市场上买的有自己种的吃得放心吗？"我们无从反驳。其实我们是心疼母亲老了，种这么多东西，太劳累。每次种菜一等到成熟，母亲就会打电话给我们四个，快回家摘菜，尝鲜。我离母亲稍近，还常回去，二妹三妹和小弟住得远，母亲对他们的邀约也常成为一次次听听他们声音的时机罢了。

　　现在正值芒种时节，母亲的四块菜地里绿色飞扬。糯玉米已经长到一人多高了，那长长的玉米叶子经六月的几阵细雨沐浴后，绿得发亮。四季豆已结了长长的果，挂满藤架，每一颗上都散发着自然的清香。还有豇豆、青椒、茄子、黄瓜，该长叶的长叶，该开花的开花，该爬藤蔓的爬藤蔓，它们在母亲的菜地里恣意生

长，毫不羞涩。每次走进母亲的菜地，我都会被它们吸引，挪不开步。每次看到母亲这四块菜地里种满的蔬菜，我都知道，这里面有母亲太多的辛劳与汗水。

前两天又接到母亲的电话，说今年的四季豆结得好，让我们回去摘点儿。我老是答应着，但总也没找到合适的时间回去。几天过去，母亲的电话又来了，新鲜的豇豆也成熟了，摘点回去，比超市里买的好。我也总是答应着，但工作一忙起来，就无法动身。等忙完手头上的事，才想起母亲的话，已是时过好久。我当然知道，母亲是希望我们能常回去，即使我们什么也不买，什么也不做，让她看到我们健康、平安，她就会满足。远住重庆主城的二妹三妹和小弟，母亲知道怎么打电话他们也难得回来，干脆就装上几袋时令蔬菜，托人捎去。每当听到弟妹他们打电话来说收到了，母亲的脸上都会笑开了花。

邻居们总是问母亲，你又吃不了多少，种这么多干吗？还要种四块地，种一块你都吃不完了。每次听了，母亲总是笑而不答。只有她自己知道，她有四个孩子，每一个都给种上一块，才感觉自己的心有一个地方安放。她把菜种在四块地里，就种下了她对四个儿女的爱与希望。我们回家摘菜的时候，就是她收获菜地的幸福时光。

母亲菜地里的各种菜还在继续生长，一季换一季，总是不缺。想着母亲的菜地，我仿佛又看到母亲躬身菜地劳作的身影，以及她心里装着的对我们满满的爱与期盼。

打扬尘

　　常听到大人教育孩子的声音："一屋不扫，何以扫天下？"于是，孩子们便开始积小流，积跬步。若干年来，我没有去查证过那些受过此教育的孩子，是否已经成为扫天下之才，但每每听到这话，母亲满面尘灰打扫扬尘的样子，便会重临我的眼前。

　　我老家在重庆市万盛经开区青年镇乡下，乡下扫除扬尘（平声字），是在每年的腊月二十四这天。母亲会在这一天收拾家里的衣柜，打扫屋顶或墙角的蜘蛛网、灰尘等，拆下蚊帐、被子以及各种器具之类清洗干净。这一天，整个村子都洋溢着欢喜，大家穿梭于龙井与院子之间，为过上热热闹闹的幸福年描上浓墨重彩的一笔。

　　据《吕氏春秋》记载，"腊月二十四，掸尘扫房子"，是我国在尧舜时代就有的春节风俗。"尘"与"陈"谐音，扫尘有"除陈迎新"的含义。老百姓继承了这一习俗，代表着他们革故鼎新的新春愿望。若干年来，母亲也一直秉承这一习俗，尽管每次都把她累得够呛，她也不亦乐乎。看着一尘不染的屋子，锃亮发白的碗碟，母亲总是流露出会心的笑容。

　　"快过年了。"

"快过年了。"

一进腊月，大家见面都喜欢这样打着招呼，然后各自转身忙碌。特别是到了腊月二十四那天，家家户户就更是如此。

母亲一大早就会扯着嗓门喊我们姊妹几个："起来了，起来了，打扬尘了，打扬尘了。"

于是，我们便赶快穿衣起床，收拾好自己的东西，并用事先买好的大块儿雨布遮挡住家里所有的东西，以防打下的扬尘落下又脏了干净的衣物。当我们收拾好这些，母亲便会拿着一把长柄扫帚来开始打扬尘。说是长柄扫帚，其实就是用高粱扫帚一把，把柄绑在一根长竹竿上。每次我们说要帮母亲也来打扬尘，母亲总是说我们太小，拿不动这长柄扫帚，只让我们扫扫地，做点轻松的事情。其实扫帚不重，但绑上长竹竿，也确实不易使唤了，得用很大的劲。每年等母亲打好扬尘，她总是得休息好一阵子才缓得过气来。

小时候，父亲得为我们一家的生计奔波，一年到头，父亲是难得有几天在家的。而每年到家里忙碌的时候，家里费力的活，也只能落在母亲身上。看到其他家里的大男人把重活累活都挑了，母亲就会硬着头皮，做着与那些男人一样的事。特别是这种打扬尘的事，母亲也总是自己干。

记得有一年，由于房子屋顶太高，长柄扫帚也够不着屋顶的蜘蛛网，母亲就站在一个凳子上，结果用力的时候，一不小心把凳子踩翻了，从凳子上摔了下来，伤了脚踝，足足养了一个月才好。所以，母亲是绝对不会让我们几个子女动手打扬尘的。

我说，等爸爸回来打扬尘。母亲说，等爸爸回来，时间就过了。母亲告诉我，每一个家里都有一个灶神，灶神在腊月二十三晚上子时就会上到天庭去汇报。趁灶神不在，打扫完屋子，让灶神回来时，看到干干净净、整理如新的家，他才会高兴，才会在天庭去说这一家人的好话，以保一家人平安幸福。那时候小，听母亲这么一说，也不敢再多说话，由着母亲辛苦劳累着，一年又一年。

又是若干年过去，我自己的小家每周都有阿姨来做清洁，打扫屋子。而母亲，虽然年纪也大了，但每年她依然打扬尘。我说，请个人来帮忙。母亲把头摇得像拨浪鼓，不行不行，这活还是自己来做，都做了几十年了，趁现在还能做，干吗要请人。母亲坚决反对，我也不好再多说什么。

一直以来，母亲每年腊月二十四都坚持自己打扬尘。母亲膝下有四个儿女，现在都长大成人，健康平安。或许，母亲并不知道"扫天下"之大义，但她却用一颗朴实的心，一双勤劳的手，扫出了她对子女的爱与期盼，以她坚持不变的清扫，时刻打扫我们心上的尘土，让我们保持内心的干净。

母亲没有"扫天下"，最终我们几姐弟也没有谁成为"扫天下"之人，但是我们就是母亲的天下。

难忘的糯米圆子

侄儿从武汉回来，一家人便聚在一起吃晚餐。饭毕，大家就商量着今年的年夜饭吃些啥。毕竟，距离过年也还有不到一个月的时间了。

"我又想起舅母做的那个腊肉糯米圆子了。那个味道，想起来就流口水。"说到年夜饭，侄儿一下子就接下话茬。"晓得你的意思。"我冲他一笑，"没问题，你想吃多少都有。"

其实，就算侄儿不提及，糯米圆子，在我家每年的年夜饭是必须端上桌的。那圆圆的、香喷喷的糯米圆子，代表着一家人又平安幸福地度过了一年。吃上一个或两个，又是对下一年和谐美满生活的希冀。年夜饭，怎能少了这道菜？

前些天，母亲打来电话，说，今年她就多做点糯米圆子，让我拿点过年吃，就不用自己再做了。我说不了，我还是自己做吧，多做点，他们都喜欢吃。我不忍心让母亲为了做糯米圆子，在灶台边站上长达几个小时。母亲年轻时太过劳累，落下腰疾，至今未愈。"一定得做，这道菜，年夜饭一定要吃才好。"每次，母亲总忘不了叮嘱一句。

其实做糯米圆子也并不难。侄儿说的腊肉糯米圆子，只是取

的拌料不同，名称不同罢了，做法并非两样。如果糯米中加入腊肉，就是腊肉糯米圆子，如果加入新鲜猪肉，就是鲜肉糯米圆子，如果什么肉也不加，就是素糯米圆子。另外根据做法不同，还有水晶糯米圆子……

前些年，我们住的农村不过腊八节。但一进腊月，母亲和婶娘们便开始思考年夜饭的菜单了。血豆腐、腊香肠、糯米汤圆、腊肉糯米圆子、甜醪糟、炸酥肉、浑水粑粑、腊猪耳朵、腊猪舌……当这些必不可少的食物摆上桌，那样的年才像一个真正的年了。而在这些食物中，我最钟情的便是腊肉糯米圆子了。

母亲会在腊月初就上街买来上好的糯米。母亲说，去晚了，上好的糯米不易买到。买糯米时要讲究，太糯的，做出的圆子会太硬，不太糯的，做出的圆子不成形，选择糯性中和的为最好。等到还剩两三天就过年的时候，母亲便开始做糯米圆子了。她先将买来的糯米淘洗两次，沥干，然后蒸熟，倒入一个大盆子中冷却。利用这个空当时间，母亲会把事先洗净煮熟的肥瘦均匀的腊肉切成米粒大小的碎末，再把洗净的葱、姜、蒜等同样切成碎末。等这些都准备完毕，蒸熟的糯米已冷却得差不多了。于是，母亲开始把事先挑选好的大个儿的七八个土鸡蛋打碎后倒入熟的糯米中，再放入切好的腊肉及葱姜蒜等碎末，再撒上一些花椒粉、盐，倒入一点香油，放入少量淀粉，完美。然后母亲便开始做最费时费力的一道工序——捏腊肉糯米圆子。

母亲首先会在这个大盆子里把所有的食材全部搅拌均匀，然后就不断地揉。她得把这些食材翻过来翻过去，十遍，三十遍，五十遍，已然记不清。直到这些食材之间互相产生黏性、母亲已累得不行的时候，才可以将它们捏成一个个比鸡蛋略小的均匀的圆子。母亲每次做这道工序时，我总看到她常用手背捶打自己的腰际。想来是站得太久，引发了母亲腰部的疼痛。这一揉一捏，怎么也得站上几个小时。

当母亲把捏好的糯米圆子整齐地摆在蒸锅里，两层，足足有五六十个。等年夜饭吃一些，剩下的，足可以让我们几个馋嘴的姊妹在春节期间一饱口福了。

刚蒸出的腊肉糯米圆子最是诱人，透着腊肉的香与鸡蛋的黄，咬上一口，酥软爽心。吃着母亲做出的这些糯米圆子，满是幸福的味道。

稍大一些，我就和母亲一起学做腊肉糯米圆子。此后成家，每年年夜饭桌上的腊肉糯米圆子，也总是我做的。虽然侄儿侄女都说好吃，都喜欢吃，但我却怎么也没能做出母亲曾经做的味道来。

街上的红灯笼又一盏一盏地亮了起来，我知道，离过年的日子越来越近了。不知不觉中，我竟然走进了超市。原来，我也是时候该去买点上好的糯米了。

故乡的老井

"爸，妈到哪儿去了？"回到老家，一进门，不见母亲熟悉的身影，我张口就问。"她到老井洗衣服去了吧。这几天洗衣机坏了。""大冬天的，不知那水有多冷。""不冷。你忘了，那老井里的水是冬暖夏凉的。"

我真的忘了。

我离开家二十多年，虽然也常回老家，但喝的用的都是自来水、桶装水。那口养我十多年的老井，如果不是父亲提及，我真的已经忘了。

故乡的那口井，不知道有多少岁了。从我出生之日起，就喝老井里的水。父亲说，从他出生也是喝老井里的水，爷爷出生也是，甚至曾祖父也是……这样算来，这井，也确实老了。

老井没有名字。我问父亲，父亲说也没听人叫它什么名儿来着，水井就是它的代号。这些年人们生活好了，都不用费力去挑井水喝了，就都称它为老井了。

我寻着老井而去。

老井旁，也不知何时修有两个专用的洗衣台，母亲正俯身搓衣服。我说："妈，我可以做点什么？""你帮我提两桶水倒进洗衣台吧。"我提着水桶到井里提水。井水的高度还是和以前一样，稍一躬身便可以舀到水。只是周围有人用青砖修了一个一人高的盖，挡住了外物落入井里，保护着老井。母亲说，这井水在夏天的时候，会往上涨一些，水就会从安设的管子自动流入到洗衣台。到了枯水季节，水位会下降一些。但无论怎样干旱，至少是这个水位，不会再往下沉了。几年前，还没有安装自来水那会儿，村里的几十户人家就靠这井里的水生活呢！

看似不到两米深、一米见方的老井，居然与这么多人息息相关？一种敬意不自觉由心底生发。我提了一桶上来，捧了一口喝，井水还是那样清冽甘甜，还是我曾经喝过的味道。它也确实像父亲说的那样，没有冬日里那么刺骨的冷，似乎还真有温暖的感觉。

我很感激老井里的水，它让我在冬日里洗衣服的母亲没遭那么多罪。

从母亲家到老井，不到两百米。这原本是一条五十公分宽的泥面小路，现已铺成了两米多宽的水泥路面。曾经在这条路上，我们奔跑、嬉戏、欢笑、成长。累了，渴了，喝一口老井里的水，继续奔跑、嬉戏、欢笑、成长。我们院子吴姓几代近一百口人也都曾沿着这条路，挑老井里的水，饮用，浇苗，甚至灌溉良田。它给我们带来的给养，谁也无法完整言说。我看着它，默默地致以敬意与感谢。

记得小时候，每年的大年三十晚上，家家户户的人都会守岁。其中守岁最大的心愿就是可以去老井挑金银水。据说，每一年的大年三十晚上十二点，第一个人从井里挑起来的水，美名称之为金银水。挑到此水的人家，在新的一年就会拥有无尽的财富，喝

了这金银水，一家人就会平安、健康。带着美好的愿景，院子里的六七户人中，体壮的青年、老人，都会挑着水桶，小孩子们拿着盆钵，一样地整装待发。等时钟一敲响，他们便涌向老井。不管多少，挑到就好，不管多少，喝到就好。其实，水还是那口井的水，只是那个时候的水，寄托着人们对新一年的美好希冀，承载着每个人的吉祥与幸福。

故乡的老井，就这样一年一年地给予人们新的希望。它像极了一位德高望重的老人，虽然它现在似乎已退出了历史舞台，但它一直在那里，不深不浅，依然静静地守望着村里的人们，不来不去。

男人·父亲·山

　　一位朋友说，男人应该有更强的责任感，应该像大山一样巍峨挺拔。由此，我想到了我的父亲。在我读书需要一大笔钱而黯然神伤的时候，父亲说："有我这座山在，你怕什么？"听他这么说，我内心有了一种从未有过的快慰和安全感。那时候，我眼里的父亲，不仅有山的挺拔与巍峨，也有山的慈爱与宽厚，他让我崇拜、敬仰、依赖、骄傲。

　　父亲二十九岁那年才有了我，我虽未享受过公主般的待遇，却亦是家里的宠儿。记得我八九岁的时候，依然可以坐在父亲的肩头，由他带着我去关坝镇兴隆村兴无机械厂看电影。什么《大桥下面》，什么《一代枭雄》，现在依然印象深刻。也就是那个时候，我认识了同学们都不认识的"枭"字。父亲只上过三年学，却识字很多，知识丰富，也写得一手好字。记得我十岁那年，我们终于住进了两层砖瓦楼房。搬新家的当天，父亲提笔在我家大方桌上写下了一首诗，记得是一首七绝，但诗的内容已依稀不清了。父亲很喜欢下象棋，在我的记忆里，他交友甚广，母亲也好客，一旦遇上雨天或闲时，家里常有朋友与他小酌几杯后，便摆上棋盘，拼杀几盘。也正由于我家有象棋，我们院子当时十多个

小孩子全部都学会了下象棋。父亲还喜欢唱歌，因他长年在贵州、云南一带辗转工作，学了不少山歌。还记得他教我唱的山歌："好久没有这方来，这方的凉水起青苔。吹开青苔喝凉水，这回好吃二回来……"让我更为骄傲的是，我们所有亲戚无论是谁家发生了矛盾，都是由父亲出面解决。他会数出一、二、三等数条理由，把事情理得头头是道，让人心服口服。那时候的父亲，在我心里伟岸得就是一座山。他沉稳，厚重，他是一个真正的男人。

然而，在父亲四十三岁那年，他在我心里的形象，已开始颠覆。

在他帮助一个长期被丈夫殴打的女人成功离婚后，父亲和我们的人生就改变了。从那时起，我很难找得到他，常常不知他在哪里，不知他在做什么。同时，家里的经济也日渐拮据，日子一天不如一天。两年后，父亲便带着那个他帮助过的女人彻底消失了。从此，我们家开始崩塌。母亲整日以泪洗面，三个弟妹小的才五岁，大的才八岁。我理解一个从未读过书的母亲无助的眼泪，我知道母亲从此要以柔弱的肩扛起一个家，要以她孱弱的身体和粗糙的双手抚养四个子女的难。她的泪水里，不只是伤心，更多的是绝望，对父亲的绝望。那个时候的我，已变得不太爱说话，看着母亲的伤痛，我不知该何去何从。

但日子还得继续，生活还得继续，只是生活已让人苦不堪言！

父亲终是杳无音讯。

此后，读师范的我，每逢放假回家，就开始四处打听父亲的消息，一旦偶有言说像是父亲的人在哪里出现过，我便会租上摩托到处寻找。几年下来，我不知跑过多少地方，但每次都是带着希望去，带着失望归。很多次听到一些关于伤亡而似乎又与他相关的信息，我更是胆战心惊。父亲，您还是我的那座山吗？您到底在哪里？您还好吗？多少次，我常在心底痛苦地呼喊。其实我的心里是不恨父亲的。他给了我生命，我没有理由恨他。只是，我希望他回来，我很想念他！真的很想念他！

五年后，父亲终于寄回了一封信。看着父亲那熟悉的笔迹，以前的一幕幕，全部涌上心头。是喜悦？是伤痛？我不清楚，只是任泪水一味地流淌。父亲还在，这是我最大的宽慰！后来的几年，我对于父亲的牵挂，也从未减弱。每次提笔给他写信，信笺上也总是泪痕点点。父亲也偶有书信寄回，但总也没有回来。

十年后，父亲回来了，带着那个女人和一双儿女回来了。但他没有回我们的家，我想他也不会回我们那个家。

归来的父亲，沧桑写尽，道道纵横黝黑的沟壑在他脸上恣意彰显，以前高大魁梧的身材已变得瘦削。父亲明显地老去。父亲，这还是我的父亲吗？我任痛楚在心里翻腾，却没有眼泪流出。不知为何，父亲回来，我却对他淡了很多，以前浓烈的思念，仿佛突然被什么抽走了一般。

如今的父亲与我们，都平静地生活。遵循母亲的意思，我们各自不相往来。只是我偶尔去看望他。现在已近七十的父亲，依然漂泊在外，做些零碎的工作。他说，能挣一点是一点，两个孩子读书还需要用钱。看着日渐哀老的父亲，我问他："后悔吗？是否曾想过回家？如果没有那件事，你现在可以儿孙绕膝，颐养天年。"父亲说："后悔有什么用。我已经对不起你们，我不能再对不

起另两个孩子。他们还小。"说话的同时，我分明看到父亲脸上的悔意与无奈。我突然觉得，其实父亲，今天的他，依然是一座山，依然是一座让人需要、依赖的山。

夜幕降了下来，暮色笼罩，我眼前的那座山似乎显得更加沉稳，却亦在我眼里变得越发模糊。

心　事

一

父亲坐在屋前的长凳上，叶子烟一口接一口地抽。他望着对面半山上一片翻新的土，目光凝重。挖掘机嘟嘟作响，却未能把父亲的思绪拉回现实。

那是一片父亲熟悉的土地。几十年来，父亲在那片土地上点豆、种菜，种玉米、小麦。而如今，一块块砌得规矩的梯土，被翻得七零八落，不见痕迹。才栽了几年的李子树，刚结了几次果，被全部砍掉。记得那次回老家看父亲，已到李子过季的时候。我刚一到家，父亲说，你等等，我去给你摘李子。"现在哪还有李子？"我吃惊地问。"对面梯土种的李子，说你和二妹喜欢吃，专门给你们留起的，一直没有去摘。说在树上挂久点更好吃。"母亲说。天正下小雨，我担心父亲路滑摔跤，忙说别去了，我不吃……话未说完，父亲已背上背篼走出院坝。

过了许久才见父亲回来，黄胶鞋上沾满了泥土，花白的头发贴在前额，衣服打湿了不少。我边拿过一块毛巾递给父亲，边说：

"怎么去了这么久？让我们担心。"父亲没有正面回答，边擦头发边说："没想到雨下大了。李子好吃，你去洗了试下。"看着父亲擦头发的动作，明显慢了好多，我突然想起，父亲已是七十多岁的老人了，已不再年轻。我突然感到鼻头有些发酸，忙拿起一个李子吃起来，并连声说好吃，以慰父亲采摘之苦。当然，李子也确实比商店里买的好吃多了。父亲说，以后吃不到了。要修高速路，就从那片李子林穿过。我们的几棵李子树全部要被砍掉，那片梯土也毁了。父亲说得很伤感的样子。"修高速路好啊。以后弟妹回来不是更方便了吗？"我笑着说，完全没有理解父亲话里的意思。

有一次闲聊，母亲说，父亲年轻的时候参与了那片梯土的修建。那片土地曾为一片荒坡，水土流失严重，从来就种不出庄稼。二十世纪六十年代末，大集体安排男女老少齐动手，撬石松土，肩挑背磨，硬生生把一片荒坡治理成了沃土。"你爸对那片土地是有感情的。"母亲边说，边诡秘地朝我笑了笑。我觉得母亲的话里别有意思，就缠着她讲讲。

母亲说，她也是听来的，那时并不认识父亲。大集体时代，年轻的父亲也高大帅气，但二十好几了还没成家。不是父亲瞧不上那些姑娘，也不是姑娘瞧不上父亲，是农村的日子太苦了，常常吃了上顿没下顿。要想娶个媳妇，成个家，是件很奢侈的事。在大集体修梯土时，就有个同村的姑娘喜欢他，其实父亲也对她有好感。大集体出活时，姑娘经常跟在父亲后面，一个推，一个拉，配合得天衣无缝，挣的工分也多，大家都说他们俩是一对。但后来，姑娘的母亲嫌弃父亲家太穷，嫁过去，没得吃，没得住，图个啥？甚至不让姑娘出门做活，避免和父亲见面。父亲一气之下，跑到贵州好几年。几年后回来，发现姑娘已嫁作他人妇。再伤心一阵子后，父亲已是快满三十岁的大龄青年。在媒人的撮合下，他才终于和同样贫穷的母亲相识结婚。

原来父亲还有这么一段伤心往事。看来那片梯土一直是父亲美好的回忆。睹物思人，梯土没了，父亲的思念无处挂寄，自然伤感。没想到父亲如此长情。"你不吃醋吗？"我问母亲。母亲一脸不屑，说都六七十岁的人了，还吃醋？而且事情都过去这么久了，谁还会提起。只是这段时间看到挖土机一天天把那些梯土逐渐铲平了，父亲一天天唉声叹气的。经常说些"太可惜了""那个时候修起来太不容易了""小凤他们两姊妹喜欢吃的李子也没得了"之类的话。我理解父亲。父亲那代人从苦中来，他们知道生活的不易。现在的日子是过好了，但他们总是忘不了曾经的艰苦岁月。

我劝父亲，"要想富，先修路"，高速路修到家门口了，说明我们村要过更好的日子了。就不要再舍不得那几棵李子树了。日子过好了，还愁没有那几个李子吃？

父亲没有说话，眼睛仍望向远处那片翻新的土。此时，我断然不知道父亲是在思念那个曾经的姑娘，还是舍不得那几棵李子树。或许，两者都有吧……

二

小弟好久没回老家了。父亲打电话来问，他现在在做些啥？在认真上班没有？我一听便来气，也不好对父亲发火，稍顿了顿，

说："他都三十好几的人了，还操这些心做啥？"听我这么一说，父亲就不再说话了。

小弟是父亲四十多岁才得的儿子。我共有四姊妹，两个妹妹一个弟弟。父亲的思想固化，那个年代在农村，一个家一定要生个儿子，才算得上是一个真正的家。母亲生下我和两个妹妹后，终于生下弟弟，父亲的心才算安放了下来。

老来得子，父亲倒也没有多么地宠着小弟。在小弟七岁时，父亲外出，十年未归。或许是因为小弟无人看管，我和母亲也无暇照顾，未能让小弟养成一些良好习惯。怕苦怕累，做事半途而废，没信心和耐心，总是像一个没长大的孩子。尽管现在已过三十岁，却没有少让年老的父母操心。前不久，在父母都不知道的情况下，悄悄地就把婚给离了，干了两年的工作，说不干就不干。没钱用了，就找二姐三姐拿。小弟的行为，在我们看来，一堆恶习在他身上衍生。好多道理讲给他听，都像耳边风般吹走。我为此很是生气，扬言不再管他的大事小事。二妹三妹倒是有些宠着小弟，说看他一个人没钱用，可怜兮兮的。我们怕父母担心，很多事也没敢告诉他们。而父亲不知从哪里知道，说小弟又没上班了，忙向我确认。

对于小弟，我多次对父亲说，他早已成人，再管下去，成何体统？但不管我多少次劝说，父亲依然心牵着小弟。有一次回老家，母亲说，父亲悄悄给小弟几千元，还让母亲不告诉我。事后我说父亲："你能管他一辈子吗？让他体会没钱的苦，他才会下定决心去挣钱。你这样惯着他，他永远长不大。""他说他没钱用，我看着他造孽嘛。"父亲说得很无奈。

　　父亲看似说得轻松，其实，我能明白他的内心有多沉重。看着小弟一天长不大，他就多揪心一天，又无可奈何。近两年来，父亲头上的白发明显多了很多，也很少看到他开心的笑容。父亲在小弟很小的时候出走，没能及时给他关心和教育，现在，他觉得自己愧对小弟，想尽量弥补一点是一点。平时，就把我们给他的零花钱节省下来，偷偷地给小弟存着。我每次给父亲零花钱时都说，钱该用就用，不要舍不得。每次父亲都说晓得了，但从没看到他给自己买过一件衣服，一双鞋子。我明白，他的钱又存起来了。

　　父亲常对我和二妹说，给小弟好好找个工作。我们都答应着父亲，但他却不知道，我们给小弟找了无数工作，他要么不去，要么去干几天就走人。我们也是伤了脑筋伤了心。每次回家看着父亲脸上的皱纹一次比一次多，就知道他又多了好多心思了。

　　今年春节，小弟提前放假回了老家。母亲打电话说小弟给她和父亲各自买了羽绒服和皮鞋，羽绒服是红色的，好看。隔着电话，我仿佛也看到了母亲脸上的笑容。我说，你和父亲过年就穿小弟买的新衣服吧。母亲说，要得，她正是这样想的。放下电话，遥想父亲接过小弟新买的衣服和鞋子时，他额头的皱纹是否已舒展开来？

三

　　小弟这天休息回了老家，父亲就从土里去挖洋芋，摘四季豆，装了两大袋，让小弟带给居住在重庆主城的三妹。

　　三妹在重庆主城租房子住，由于身体一直不太好，三妹就一直没上过班，一家三口的生活全靠三妹夫打工挣钱，经济条件较为拮据。父亲知道了，就经常从老家给他们带各种菜去，说重庆买菜贵，这样也可以节省一点开支。平时，只要三妹开口说要点啥，父亲总是会努力满足。三妹说要鸡蛋，家里没有了，父亲就到邻居家去买，邻居家没有了，父亲就找周边的住户去买。有一次，天正下着雨，我看到父亲冒着雨到周边挨家挨户询问，直到给三妹凑足了鸡蛋才满心欢喜地回来。我说家里没有就算了，都这么大年纪了，还去操这个心。再说鸡蛋又不贵，三妹可以自己到超市购买。父亲说，超市买的哪有自家的好。

　　三妹从小到大，都是一副弱不禁风的样子，为此父亲很是担心，常从家里给她带去土鸡土鸭土猪肉，说是吃得放心一些，也更营养一些。如果有熟人去重庆主城，父亲就把装好的一大袋土货，软磨硬泡让人帮忙给捎去。如果没有，他就把东西装好，联系好去往重庆的直达车，交代好司机，也要给三妹带到。

　　我常跟父亲开玩笑说他偏心。父亲说，三妹小时候吃了很多苦，要理解。手心手背都是肉，父亲会偏爱谁呢？看到哪一个孩子过得不好，父亲的心都揪紧了。

　　父亲说三妹小时候吃了很多苦，我当然知道。那时候，为避免计划生育罚款，三妹一生下来就被送给大舅，与大舅的孩子一起当双胞胎女儿养。但随着大舅的孩子一出生就夭折，舅娘伤心过度，奶水回流，三妹从小就只吃了不到一个月的奶水。再加上家庭条件不好，也没有钱买得起奶粉或其他婴幼儿的营养品。几年下来，也不知道外婆用什么方法把三妹养大。直到三妹三岁的时候，母亲才把三妹从外婆家接回来和我们一起生活。那时候的三妹，个子就明显比同龄的孩子矮了一截，瘦弱了许多。直到现在，我们几个姊妹中，三妹也是最瘦弱的一个。为此，父亲总是觉得对不起三妹，认为三妹身体的羸弱，与小时候没吃多少奶水有关。我们也认同父亲的看法，对三妹，能帮就帮着吧，希望她能过得好一点。

端午节快到了，父亲打电话给我说，让几姊妹都回家吧，他杀只鸡杀只鸭来炖了吃。我说，三妹带着孩子坐车也不太方便，有可能不回来。等孩子放暑假了，她会带孩子回老家玩至少一个月。父亲说，那好，他就把鸡和鸭留着，等三妹回去了再吃。

日出日落，一天又一天。父亲和母亲在老家自留地里种着各种各样的蔬菜，蔬菜一季换了一季，而父亲的心里，却永远藏着一些心事，一些只属于他自己的心事。

父亲的生日

父亲明天生日，不遇周末。晚上母亲打电话来，说父亲这几天都沉郁着，常跟她念叨：前几次都是周末，怎么这次就不是了呢？这次他们几姊妹肯定不会回来。

我知道父亲的心思。父亲七十多岁了，和母亲两个人生活在乡下老家，几个女儿都外嫁或外出工作，很少有机会陪在他身边。过生日，本是一个极好的家人团聚机会，却不是周末，这令他很是沮丧。父亲是一个极好面子的人，他是不会主动打电话让我们回家的。

"放心吧，我们都会回来的。"我跟母亲说，"明天，我准时回来。"

放下电话，我给弟妹们留言说父亲生日的事，他们都说一定会回，只是要稍晚一些，得等下班，等孩子放学一起回。

第二天刚下班，我便驱车往老家赶。我住在万盛城区，离老家近，只有20公里的路程，不到半小时，便到了。

父亲早已等在了院坝，接下我手中的东西，悠悠地问："你二妹三妹他们不回来了吧？"

"要回来，稍晚一点，放心吧。"我对父亲说。"这么远，回来

不知得多晚了？""才一百多公里，哪里远？爸，现在是高速路了，不是以前了哈。快得很。"

其实父亲的担忧不是没有道理。弟妹们都在重庆工作，老家离重庆怎么说也有一百多公里。记得九十年代初，父亲送我去北碚读师范，也得坐四五个小时的汽车。中途转车不说，一路颠簸，晕车吐得晕头转向。我每次去上学，就如生一场大病。为了避免晕车，后来上学就改为坐火车。而从万盛到重庆的火车少有专门的客运，只有闷罐车。车内没有照明，采光条件差，车门一关，里面基本漆黑一片。没有供水设备，没有厕所，空气极闷……读书三年，我闷了三年。现在好了，万盛到重庆，途经綦万高速、兰海高速、重庆内环高速，一百多公里的路程，一个多小时便到了。

进到屋里，大方桌上已摆满了热气腾腾的菜肴，蘑菇炖土鸡、红烧姜爆鸭、现磨豆花、水煮青菜……母亲正在厨房忙碌，"妈，我们到了。""咦，现在公路修好了，你们还真快。""那当然。"我老家在青年镇农村，原来那条弯道多、又窄又旧的马路，现在已改成三车道的柏油路，两边还安上了路灯，种上了行道树。行车在上面，真可算是一种享受。

正和母亲说话间，外面传来了喧闹声，原来是二妹三妹小弟他们也到了。"快进屋，上桌吃饭了。"父亲招呼着，脸上笑开了花。

一家人很快落座，齐声祝父亲生日快乐。"好，好，你们好我就快乐。"父亲高兴，多喝了两杯，看着围坐在身边的儿女们，个个长大成人，都有了工作安了家，心里甚是感慨，喉头哽咽："还

是现在的年代好啊，你们说回来就回来了。想想我们那个年代，想回一趟家有多难，每次都得提前几天乃至半月看黄历，选好日子出门。"是啊，八十年代初，父亲在贵州遵义工作。我记得他每次去工作都是打着火把或手电筒，天不亮就出门。那个时候到遵义没有汽车，只有火车，父亲坐火车得第二天才能到。每逢春节，我们一家人都围着柴火，等上一天一夜，才能看到父亲疲惫归来的身影。那些担忧、等待的日子，如今想来依然心有余悸。而现在，到遵义两百公里的路程，高速公路两个小时就到了，自己开车一天来回，时间都还显得宽裕。

"放心吧，爸，改革开放都四十年了，现在到哪里都是高速路，方便，我们会经常回来看你的。"看着父亲眼里的泪花，懂事的小弟心疼地对父亲说。"就是，爸，你看我们家对面渝黔高速复线不是正在开工吗？后年就正式投用了，以后我们回家就更快了。"小妹也附和着。"是啊，高速路都通到家门口了，现在的日子是越过越好！"父亲越听越高兴地说，"以后每个月都带孙子孙女回来看看，我就满足了。""不，我们每个星期都回来吃你们磨的豆花。"

"要得，要得。哈哈哈！"大家都开怀大笑，笑声穿过夜色，飞向灿烂的星空……

回老家

　　每年暑假，我居住的小城像被注入一股热流，因此，真想回趟老家，享受家乡的清晨与黄昏，那是很清凉与惬意的。却总因各种杂事一拖再拖，直到处暑过后，终得以闲日，带上女儿，坐上了回老家的车。

　　一路迎着野草花的清香，触及满目的田园秋色，我兴奋中犹感一些亲切的味道。车窗外，色彩纷呈。放眼望去，一大片一大片黄澄澄的稻谷正迎风起舞，似向人们展示成熟的风韵。偶有几处莲藕地，中通外直的叶茎高高地擎着圆圆的荷叶。一阵风过，便衣袂飘扬，绿意已在不经意间染浸了你整个心田。深呼吸一下，已然感到一阵醉人的芳香，在心头蔓延开去。

　　一小时后，客车就将我们载到了老家。一下车，就看见母亲早已等了路口。她那饱经风霜的脸上，满是笑意。女儿下车还没站稳，母亲就已将自家种的脆红李送到女儿手中。

　　回到家，一大院子的人都围了上来，问长问短。我自然被浓浓的亲情包围着。待我把带去的零食分给老人和小孩，他们都乐得难以掩饰心中的快慰。与一大家人坐下来，刚煮熟的盐花生摆上来了，脆红李端出来了。我尽管不饿，也会吃上一些。我知道，如果

不吃他们拿来的东西，他们会认为是瞧不上他们，说上一些酸溜溜的气话，怄上几天气是难免的了。于是，我自然会与他们同吃。

和院子里的人们待在一起，是不会觉得无聊的。你总会听到一些关于曾经熟知的家乡人的故事。他们一个没说完，另一个已经接上了嘴。听这些故事，也能感知农村生活的跌宕起伏，时时让人称奇。如某某靠卖捡来的破铁也修了新房，某某生了双胞胎，某某长得不好看，却娶了个漂亮媳妇，漂亮媳妇不孝敬公公婆婆等。我总是不厌其烦地听他们说，偶尔会问上几句。他们总是讲得绘声绘色，滔滔不绝。看到家乡一些像别墅一样的房子立在公路两旁或山腰间，我其实知道，他们过得挺好的。不管是占地赔了款，还是靠做点啥挣了钱、住上了漂亮的房子，自然是过上好日子了。我真为这些人感到高兴。他们靠勤劳的双手，造就了今日的幸福。而当初，农村只有靠读书才能过上好日子的说法，好像已在无形中被淡化。作为家乡人，听到这些变化，心里自然有一些欣慰。然而，在这个小村庄里，让人心酸的故事也依然在每天上演。母亲告诉我，小时候对我特别好的某个伯伯已于今年五月去世。某个婆婆因儿媳不孝，吃农药自己结束了性命。母亲还讲到，我们村里一个叫"老昌"的人，儿子由于有些先天的傻，四十多岁也没能娶上媳妇，而老昌，已是七十多岁的老太婆，还在犁田插秧做重活。每每听到这些，我的鼻子总是有些发酸。这个叫老昌的人，我是知道的。当初的老昌也很能干，丈夫死得早，自己带着一双有些傻里傻气的儿女过日子。记忆里的她总与别人过不去，一天总能听到她骂骂咧咧的大嗓门，也不知是谁得罪了她。二十年过去了，她还是未变，还是这样能干，还是这样吵吵闹闹。只是她这种过得热闹的人生，留给我们的是诸多心酸的记忆。

哎，像这样的故事，我每次回老家总能听到一些，我也只是听在心里罢了，又能怎么样呢？或许每天，这里都在上演着不同层次的喜怒哀乐，和城市并非两样。或许，这就是真正的人生吧！每一个人都有人生，都是人生如戏，只是演出的舞台不同罢。

吃过午饭，便和母亲一块下地去摘花生。说是下地，我一般是站在田埂上不动的，只是静静地看母亲在田间劳作，同时享受来自田地里的庄稼混着泥土的气息直扑我脸庞的快慰。女儿则不一样，拿着个小锄，东挖挖，西刨刨，看似认真的样儿，却未能让我们看到真正的劳动成果。看到女儿饶有兴趣地锄地，母亲就会走过去，双手教女儿如何拿小锄，如何把田间的杂草锄去。女儿试着又动了，但效果仍不明显，母亲又走过去，再次教着女儿。

看着母亲一遍一遍地教着小女儿，我仿佛又看到小时候，母亲不也正是这样耐心地教我们吗？教我们如何才能把事情做好，如何才能有所作、有所成。看到田里已经成熟的花生，我突然想到，我成长到今天，不正像母亲播种花生吗？中间得经历多少劳动与汗水？我们只知道花生好吃，却未能去想一颗花生里有母亲多少的辛苦与期盼。我看着母亲躬身劳作的身影，心里充满了无限愧疚。回头看着女儿天真的样子，我问她，是否知道田里的花生是怎么长成这样的？女儿说不知道。我告诉她，花生的成长需要好几个月的时间，需要播种，需要施肥，需要锄草，需要灌溉，需要付出很多的劳动才能有今天的收获。女儿仰着头问："有这么辛苦吗？""当然了，没有付出怎么会有收获。"女儿若有所思地点点头，似乎明白了什么。

回到老家，生活是平淡的，但我却喜欢。不知道是喜欢老家人的唠叨，还是喜欢老家的田地里发出的带着清凉的乡村气息。回到老家，我总能愉悦地生活，不带半点杂念！

有雨的黄昏

又是秋天了！

绵绵的秋雨又漫天卷地般下了起来。

我又看到了雨夜昏黄暗淡的灯，灯下萧索的树，以及树下匆匆赶路的人。

我很庆幸我不是树下的那些人，我很庆幸在这样感觉凄凉的黄昏，我能站在家的窗口，感觉别人的凄凉。

我一直很惧怕，惧怕这样有雨的秋天的黄昏，更惧怕在这样的黄昏里的出行。那是一种有着深深痛楚的体味。念及于此，泪自潜然。

记得那些日子里，每次迈出家门，我总是默默地流泪，头也不敢回。我怕，一旦回头，就无法挪动我的脚步。我是不愿走的，对出门，心里充满了抵触。每到周日下午，我就得收拾东西去单位。单位感觉好远，得坐近一个小时的公共汽车。每次离开，我都得磨蹭好一阵。一旦进入秋雨绵绵的季节，我内心就会蓦然涌起一种心伤，感觉很疼。于是，这种疼，就会爬满我的心房，悄无声息地撕扯着我。多年了，一直未曾改变。

这一天，又是一个秋雨不尽的周日。整个下午，我都蜷缩在爱人的怀里。不说话，静静的，很久。看天色渐暗，我知道，黄昏已经来临，是我该动身的时候了。爱人拉着我的手，说，不想走就不走吧。但他知道，我最终是要走的，多年了，他已熟知我这一规律，所有的语言都是多余。就磨蹭吧，他也让着。快五点了，再不走就没车了，爱人很是担心。我说，末班车还有一阵，再待一会儿吧。此时，家里浓浓的暖意，爱人疼惜的眼神，都不断向我席卷而来。

我不想离开，真的不想。一个人去到单位，承受一个人在夜里凄冷的孤独。空荡荡的屋子，冷气逼人。天一旦黑下来，就听不到人说话的声音。一个人闷在屋里，孤独的视线中仅有一盏灯，一张桌，一铺床。空气是冷的，床是冷的，书是冷的，屋里的一切都是冷的。听着窗外滴答的雨，被愁绪塞得满满的心更是无从释怀，有种让人窒息的凝重。这样的时间里，我很难过，真的！我怕面对那样的空寂。

要是再不走，我真的会被家里的这种感觉包围，乃至融化。走吧！无奈，起身，爱人同样拉着我的手。伞下，我不敢远眺那一片灰蒙的天空，以及天空下那已不清晰的山头。我低着头，只让自己望见地上的路，把视野缩到最小的范围。可我依然很怕，怕被那一片空蒙占据了我的心怀。尽管步子碎若金莲，却也还是不久就到了车站。真的只剩下最后一班车了！无奈地放掉爱人的手，拖上注铅似的步子，上车。车慢行，我却渐远。车窗外，爱人朝我挥手，泪水又一次涌了上来。坚强一些吧，人总要学着独自承受！我总是对自己说，泪水也总是流下，一路伴我前行。

这样一个又一个的周日过去，日子也一个又一个的逝去。现在的我，虽已不用在每个周日里，让爱人送去上班，但每逢到了这种绵绵秋雨的时候，就会触景生情，依然让人有着隐隐的伤感。

仅仅是一种伤感罢了！

秋雨时节，你与我别离

　　在秋雨绵绵的时节，你说，你要远行。两个月的时间，很长。听着你的述说，我久久无语，只是感觉有泪从腮边滑去。

　　在你走的前一天晚上，你忙碌地收东收西。看着你不停地在我面前穿梭，我什么也没动。我怕，我一动，我的心就会碎成一地。

　　你可知道，我已习惯你两三天，或五六天，甚至半月的离开，但我难以忍受两个月的别离。自从与你相识后，我们从未分开过这么久。亲爱的，我想着那漫长的两个月，就会心生痛楚。

　　夜晚，你搂着我，说，没事，两个月很快就会过去。我说，你不知道，你走了，我会不习惯。亲爱的，你不知道，我已习惯我在沙发上睡着，你轻轻地把我抱起；我已习惯在夜里醒来，可以寻找到你宽厚的胸怀，并蜷缩在你温暖的臂弯。

　　早上不到七点，你亲吻我的额头，说："我走了。"我抱着你，不舍松开我的手，"记得到了给我电话！"我幽幽地说。你使劲地点头。别离，终于上演，只听关门的声音传来，我知道，你已与我别离。漫长的两个月，我将在思念的煎熬中度过。我没有泪，用被子盖住了自己的整个身体，毕竟被窝里还有你温暖的气息。

"静静地数日子吧！数到那一天，他就回来了。"我对自己说。

窗外，细雨仍不停地飘落。雨中，夹带着一丝凉意，让人感觉微寒。办公室里不冷，却让我觉得凄清。

我拿起手机打过去，说："亲爱的，我开始想你了。"你大笑，"才几个小时啊，我还没走出重庆呢！""可我真的开始想你了。"说话的同时，我喉头哽咽。你不再说话，过了一阵，你说："好了，好好上班吧！"我知道，你已感觉到我的难过，却不知如何给予我慰藉。

远山逐渐清晰，山雾开始飘飞。

"亲爱的，你这时会在哪里呢？"注目远山，我静静地想你！你的短信随之而来，你说："我上火车了。在家注意安全，照顾好女儿。她这几天有点不好，记到让她吃药。"一下子，我的眼泪再也控制不住，手机屏幕上的字迹已变得模糊，感觉有你的面影浮出。

你走了，列车载着你远离，却将我的心也一并带去。

路上，行人稀疏，却是匆匆来去。秋雨不停，秋意渐起。心痛，已缠绕在我的心扉，久久不离。

老公与酒

"呀，好香！"每次打开厨房的储藏柜，一阵酒香便飘然而至，我总是忍不住呼吸。

我不喝酒，老公却好酒，因此，家里总是不缺酒。如果没有特殊安排，每周五晚，他必然会邀上三五同事，或在一个大排档，或在一个火锅店，他都会喧嚣一两个小时，有时甚至喝得店员在一旁打瞌睡，方才离开。平时在家，没人陪他喝酒，他一个人也会倒上一小杯，浅斟慢酌，喝上一阵才罢。我常告诫他："少喝点，可千万别喝出高血压高血脂来。"他总是不以为然："喝得不多，舒筋活血的量，大可放心。再说，我不喝酒，怎么对得起我喝酒的启蒙老师？"他说的启蒙老师，是他的伯父。

自认识老公以来，他就常在我耳边念叨，他喝酒就是伯父教出来的。这话倒是不假。老公在南泉读书期间，每周末不回万盛的家，就直接到石桥铺伯父那里。而每次回去，伯父总是炸一盘花生米，拿出他装了几十年的酒壶，再拿两个土巴碗，然后倒上，喊一声："军，来喝。"于是，老公端起碗，一碗一碗陪着伯父喝。一来二去，老公酒量大增，以至于现在看到酒就眼发亮，不喝上一口就心发慌。

说到伯父，现已八十九岁高龄，依然体格高大，精神矍铄。我们每次去看他，他都让老公陪他喝上两杯。我问伯父，平时喝吗？他说，每顿饭前总会喝上一两口，习惯了，不喝总感觉少了些啥。

我问："伯父为啥如此喜欢喝酒，而且酒量还不错？"老公回答："因为酒保住了伯父的命。酒量是伯父年轻时练就的。"

原来，伯父1953年参与修建川藏公路，在康藏公路路段，全线要越过二郎山、雀儿山等十四座峰峦起伏的大雪山。修建昌都到林芝路段时，天气异常寒冷。那时候尽管提供有厚棉袄、厚棉被，晚上依然冷得让人发抖。由于白天过于劳累，晚上睡帐篷时，有的人还是睡得特别沉。一天早上，工人们起床发现一个工人师傅全身冰凉，已被冻得晕了过去，这一下吓坏了所有的人。经把情况上报后，大家得到许可，可以喝些酒来御寒，以防再有工人被冻坏。于是，每一个人都发了一个酒壶，装满酒，大家每天晚上睡觉前都喝上几口。伯父当时是不会喝酒的，但不喝就有可能被冻死在大雪山上。想想自己才二十多岁，还没成家呢。于是，硬着头皮喝，一口，两口，就这样，伯父不但学会了喝酒，酒量还很好。几十年来，伯父基本每顿都要喝上几口，而且都是用他当年修公路时的酒壶装酒。那个酒壶，一直陪伴着他，几十年不曾离开。

确实，酒，我们不能因为它引发了一些负面影响，就一味把它论为谈之色变之物。适量地喝一杯两杯，于人，于情，于事，都大有裨益。几千年来，中国的酒文化不得不说也是博大精深的。从造字来看，"酒"字从甲骨文到金文的演变，也是本着美丽的酒

樽到谷类成熟、可以酿酒的美好意愿出发。而《周礼·天宫》里也有"事酒""昔酒""清酒"三酒之说，其中"昔酒"为无事而饮，可见古人无事也会饮酒，喝酒并不见得是一件坏事。而酒的酿造，则是去糟粕、取精华，好粮一经榨取成酒，喝的则是精华，可谓之人间美味。再者，《本草纲目》记载，惊怖卒死，温酒灌之即醒。不可不说，酒为人间好物，却之不恭。

伯父从他二十多岁喝酒到现在，身体一直硬朗。我们都说，多亏了川藏线上那壶酒。去年我们在318国道上自驾，当车行至新都桥附近山顶时，我们特意把车停靠路边。老公指着对面山脚下一条快被杂草掩埋隐约可见的小道说，那就是伯父他们那时候修的路，你看多窄，尽在悬崖之上，有多吓人。我看了半天也没看清那条路的宽窄，倒是心生了胆怯。我又想到伯父的那壶酒，当年，肯定是为了御寒，但同时也为壮胆吧。这么难修的路，不知有多少人付出了毕生心血。我对老公说："听说抽烟的人过川藏公路时，都要点燃一支烟，然后扔到窗外去。你不抽烟，就倒上一杯酒，洒在这片土地上吧。"老公明白了我的意思，没有说话，默默地倒上一杯酒，鞠了三个躬，把酒洒向了脚下的土地。酒香飘来，我似乎又看到曾经伯父和他的同伴们火热开工建路的热闹场景。

又遇周末，一个火锅店里，老公和他的朋友们三巡酒下肚，便开始了他们特别的喝酒模式。大家共同举杯，一起唱："大表哥，倒酒喝，小表妹，倒酒喝，喜欢不喜欢，也要喝，喜欢了，也要喝，不喜欢，也要喝……"唱毕，一口把杯里的酒喝干，然后再唱："酒喝干，再斟满，今夜不醉不还……"歌声一起，邻桌的男

人们也凑了过来，一起唱，"大表哥，倒酒喝"，或是"今夜不醉不还"。于是，他们常常是一小桌人喝酒，喝着喝着就把小桌变成大桌，把大桌变成特大桌。那热火朝天的样子，不亚于当年伯父他们修建川藏公路的劲头。我一般不干预他们的酒事，他们也懂喝酒不贪杯。几年喝下来，倒也无伤大雅。

　　窗外夜色已浓，老公又不知在哪张桌上唱着"大表哥"，喝着"管他喜欢不喜欢也要喝"的酒。倒是希望他也能像伯父一样，喝得张弛有度、有益身心才好！

女儿与仓鼠

女儿一直喜欢小动物，什么小猫、小兔、小鸟、小鱼等等，养过不少，养过多次，甚至还养过蚕宝宝。但每次都不出几天，都会以小动物的死去、女儿的伤心而告结束。或许是我们无暇去照顾这些小东西的生活，也无暇去了解它们的生活习性罢。"这是它们与我们家无缘。"每次，我总是这样安慰女儿。

邂　逅

好不容易去了趟重庆，女儿欢呼雀跃。我总是在后面追逐着她的身影，真担心，一不小心寻她不着。突然，女儿不动了，站了一会儿，又慢慢地俯下身去，专注地看着什么。"怎么了？"我快步赶上，原来，一个卖小仓鼠的摊子让她驻足了。几个不大的笼子里，黄白相间或黑白相间的小仓鼠正活蹦乱跳。"喜欢这个？"我问。"我们班有个同学也养了两只。"女儿没正面回答我的问话。"那个同学带到学校来，我们女同学都很喜欢。"女儿接着自己的话题。说话的同时，眼睛始终没离开过那笼子里正奔跑的小仓鼠。我笑了，知道女儿的意思。"买一只回去吧！"我说。"真的？"女儿不大相信。自从女儿养死诸多小动物，我建议她别再养了后，我们家好久没有过小动物了。"你不怕我再把她养死了？""你那么喜欢，你一定会用心养，它就不会死了。""耶！"女儿的兴奋，充分证实了我的猜想，她是多么喜欢这些小仓鼠。

经过一番讨价还价，女儿选中的那只最活泼最聪明的小仓鼠和我们一道，踏上了归家的路途。

用　心

"妈妈，你回家的时候记得买点蛋糕回来。"快放学的时候，我接到女儿的电话。"你不是不喜欢吃蛋糕吗？"我问。"不是我要吃，是小仓鼠没吃的了。记得买软一点的。""哦，好的。"呵呵，小主人为小仓鼠挑食呢！

自从那只小仓鼠进了我家门，女儿变得忙碌了。每天得为它们换布片子，添水，加食，不亦乐乎。一天，我刚踏进家门，就见女儿在厕所里忙碌。"干吗呢？作业不做。""洗尿片。小仓鼠尿湿了布片子，我给它换，不然它住起来不舒服。"原来是这样，怪不得阳台的栏杆上晾着好几张方形的小布片，我正纳闷那是从哪里来的。看着女儿用心地搓着小布片子，我的心里涌起了一股暖暖的感觉。

小　家

"在哪儿呢？""步行街。我在给小仓鼠买木屑。"今天周末，女儿说，要去给小仓鼠买磨牙棒。但出去好一会儿了也不见回来。"你的好朋友叫你回来吃冰激凌。""等一会儿，我还没买好呢。"冰激凌的诱惑也没能把女儿的心给拉回来。等了好一阵子，女儿抱着包装好的一长条木屑回来了。"那个卖木屑的阿姨说，有木屑就不用买磨牙棒了。才二十元。""二十元？太贵了，也太多了吧。""哪里贵嘛？它可以用好长一段时间呢！"女儿不屑。呵呵，为小仓鼠，也太舍得了吧。平时，女儿买她喜欢吃的果冻也买便宜的，没想到这次……"有了木屑放在它的家里，它既可以磨牙，也可以温暖。"女儿感觉为小仓鼠做了一件大事，有些兴奋。

刚放好东西，就把小仓鼠的家——女儿要她爸爸为小仓鼠做的新家（其实就是一个鞋盒子里用小纸板隔了下）搬了出来。丢了部分木屑进去。小仓鼠一见，东闻闻，西嗅嗅，随即用嘴衔着木屑，一点一点往它的小窝里搬。一会儿工夫，它的小屋就堆满了。"这下，它晚上就不会冷了吧。"女儿说话的同时，笑也无法抑制地流露了出来。"晚上在你的床上，我也给你弄一点木屑吧。"我逗笑女儿。"切，那是不可能的。"女儿朝我扮了个鬼脸，找她好朋友吃冰激凌去了。

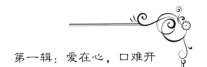

快 乐

如果说小仓鼠给女儿带来快乐，倒不如说它给我们一家人都带来了快乐。每天早上，谁先起来，第一件事一定是到小仓鼠面前，弄醒熟睡的小仓鼠，和它逗乐一会儿。小仓鼠也解风情，随着我们用小木棍对它的挑逗，就不停地旋转，一不小心就摔了一跤。就这样不停地转，不停地摔跤，笑声应此而生。女儿更是，和小仓鼠玩得久了，也不见动身去做别的，我真担心她坐在教室里上课的时候，是否心里也在想着小仓鼠。她总是说，小仓鼠多可爱呀，两只小而黑、黑而圆的眼睛，显得那么机警，四条短而小的腿总是那么灵活。我知道，女儿是真的喜欢上这只小东西了。我真想告诉她："宝贝，玩物会丧志。"可她太小，也不想过早地让她明白这么深刻的道理。顺其自然吧。

小仓鼠的到来，让我更意想不到的是，女儿的近七十岁的爷爷也会为此而开心。每次来我家，总会煞有介事地和小仓鼠打招呼，每次离开，也要和它说再见。我想，小仓鼠在我家占据的，不仅仅是鞋盒那个小空间了。

失 踪

"哇，真漂亮！还是别墅。"

这天，女儿的爸爸又为小仓鼠做了一个新家——鞋盒外面专

门用漂亮的广告纸包装了一下，上面还用硬纸片做了一个尖尖的屋顶。"哦，小仓鼠住别墅了。"女儿更是高兴。"是啊，你爸爸对你妈妈还不如对一只仓鼠好。还给它换了洋房换别墅。""哈哈，你妈吃醋了。"女儿的爸爸乘机取乐。"咦，敢拿我与仓鼠比，胆子不小嘛！"一家人为小仓鼠的新家激动不已。

坐在软软的沙发上，一家人就围着小仓鼠，不断地用小木棍逗乐着它。"小心一点，别咬着了。"女儿的爸爸不断地提醒着我们。小仓鼠或许是又住了新家，也显得异常兴奋。它不断地旋转，不断地咬着小木棍。有时它还顺着小木棍爬上我和女儿的手，吓得我们忙丢下木棍逃跑——怕它咬着了我们，只是随即又靠了上去。女儿甚至逗引着小仓鼠沿着小屋爬上"房檐"，然后自己又摔下，一次又一次地摔，小仓鼠也没放弃，继续一次一次地往上爬。女儿还在一旁鼓励它："加油，加油，坚持就是胜利。"或许是坚持了的缘故吧，小仓鼠居然能借着"屋檐"爬出来了。女儿的爸爸说："继续逗嘛，爬出来找不到看你们怎么办？""它不会走的，它才舍不得这个家呢。"女儿不信她爸爸的话。

为了避免小仓鼠跑出来，睡觉前，女儿的爸爸特地用一本书盖住了刚才逗小仓鼠爬出来的地方，上面再加一个盒子，方才安心地睡去。

第二天早上，女儿的爸爸一起床，蒙眬中，听见他在叫女儿："快起来，你的仓鼠不见了。""不会吧，说跑还真跑了？"女儿衣服也没穿好就跑了出来。我也赶紧起来看，小仓鼠的家里果然没了它的踪迹。女儿的爸爸到处寻找，却一无所获。

寻 找

"等它饿了，自然就出来了。"找了很久也不见小仓鼠，我见女儿的眼里流露出失落感，忙安慰她。

可是过了两天，小仓鼠依然不见动静。女儿和她爸爸到处细听，想试图听到小仓鼠啃食东西的声音，但也是徒劳无功。

"我们把食物放进笼子里，把笼子的门打开，或许它就进去吃食了。"我又献一计。可又等了两天，小仓鼠还是杳无踪迹。女儿彻底失望，小仓鼠真的离她而去了。看着小仓鼠曾经住过的两个新家，女儿的心失落极了。

郁郁寡欢了几天后，她跑来告诉我，她同学答应送一只仓鼠给她养。我看到，女儿的眼里又闪过一丝光亮。但我不知道，尽管这次可以再养了，但又能养多久呢？只是，女儿的希望，我永远也不会去打破……

今夜无眠

"后面两天我不想去上晚自习了。"女儿回家，对我说。"好，不想去就不去吧，反正只有两天了，好好放松休息。"我尽量让自己的声音变得温润、平和。"要不要再吃点什么？"我再轻声问她。"不吃了。"于是，我便不说什么了。

还有一天，女儿便要参加高考。十二年寒窗，即为今朝一考。不想则罢，一想，倒让我的心猛地一沉。

其实高考这个词，我从未认真地去思考它的意义。我是师范毕业，没有参加过高考。那年月的中考虽然也是众人挤独木桥，但终是没有"高考"这个字眼来得沉重。本来，我并没有对高考产生突兀的情绪变化，但这几天铺天盖地的高考信息席卷而来，秋风一阵紧似一阵袭来，我平静的心还是不由得紧蹙起来。

不记得多少个日子里，女儿就这样坐在书桌旁，伏案，演算。从稚嫩的笔画到流利的书写，从瘦小的身形到今天的亭亭玉立。日子一天天过去，女儿就在这书桌旁长成今天的样子。回想起来，我都不知她是何时长成的。前段时间二妹的小孩子出生，看着襁褓中的婴儿，想到我的女儿，当初她也一样是这么小的一个人儿，十几年光景，弹指一挥间。而今，她也要参加高考，迎接自己新的人生。她之后几年的何去何从，来日的高考便是她的分岔口。这对于她来说，人生就将要在这里转折。这个我们知道，她，也知道。或许，女儿并没有太多去思考今后的人生，但她一定会想，十二年的求学光阴，总应该要交上一份答案，对自己负责。

女儿已洗漱完毕，又坐到了书桌旁。已是午夜十二点了，我轻轻推开她的房门，见她安静地坐着，拿着笔，像是在思考什么。我没去打扰她，注视着她这些天已显得越发单薄的背影，心里有些疼。我知道，辛苦与付出，坚强与承受，都是她自己必须去经历才能体悟的。没有苦，怎知个中甘甜？我默默地关好房门退出，心却似被揪在了一起，难以释怀。

在家，我不像以前那样很大声说话，和女儿间的谈话尽量不谈高考，尽量不去触碰她敏锐的心思。虽然她说她没事，不紧张，但我依然发现她喜欢吃的东西放在那儿好久也还在那儿，一天不离身的手机也被远远地疏离。有时，我故意把朋友圈里的一些幽默段子给她看，她也就是一笑，再无多余的话。尽管我们努力地营造着轻松的氛围，但这总是高考，该有的严肃与紧张，山雨欲来或是风清气朗，空气中也处处萦绕。或许，这也是一种该有的经历吧！

时钟又敲了一下，窗外月明星稀。很多房子里灯光依然明亮。我不愿去猜度这些灯下的学子们，他们是正伏案疾书，还是在默背要文，我无可言说。今夜无眠，明天不会是阴雨，上天一定会还大家一个灿烂的笑脸。

最是思念离别时

女儿外出集训，半年。老公说，以后就剩我们俩在家了。老公说得很失落的样子。"不会有那么严重吧，看你哪有那么多舍不得。"我笑他。我认为半年时间，很快就会过去，不至于如此郁郁寡欢。"别说我，女儿只休息每周一，周一你又要上班，有可能你半年都看不到她了。"老公一脸不屑。

星期六晚上，女儿开始收拾她的东西，衣裤、鞋袜、洗漱用品，分门别类，放在箱子里很整齐。女儿一向很会收拾整理自己的东西，这一点很像她爸。

"还有什么没带？让我想想。"女儿说。

"雨伞带了吗？牙膏牙刷就带新的吧。"我在旁边看着她。

"带了带了，这些我都带了，你们就不用担心了吧。"女儿也不看我一眼，我显得有些多余与无奈。

"带点常备药吧。"我用小收纳箱给她装上一些维C银翘片、板蓝根之类的，然后放入箱内。看着箱子里满满的女儿的东西，再看看空空的女儿的衣柜，我的心突然颤了一下，女儿真的像要远行的样子。半年，到底有多长，我没认真想过女儿离开半年是多长的日子。我想不会太长吧。

　　周日一大早，我们就送女儿去培训学校。我们到的时候，学校已聚集了很多学生和家长。家长们忙里忙外，不停地穿梭着。报名，排队，交费，我们也折腾了大半天，女儿终于由生活老师带到新分的寝室，四人间。我们去时，一个孩子的床铺已整理完毕，母亲正在给她摆放香皂、牙膏、纸巾之类的东西到桌上。"女儿的东西让她自己摆放吧，她自己放的好找。"我担心我们走了之后女儿到处找不到东西。女儿的爸爸尊重了我的意见，于是，女儿开始自己忙碌。看她在小小的房间里忙了一阵，然后一切井然有序，我很欣慰。坐在整理好的床上，女儿的爸爸逗她："一会儿我们就走了，别打电话哭着说想我们啊！""我才不会呢！即使想也不会打电话的。"后面半句，女儿明显说得小声了些。

　　一切准备停当，我们得赶回家。女儿送我们入电梯，电梯来了，我却停了下来，转身对女儿说："现在，我们把你交给了你自己，你要对自己负责啊！""知道了知道了。快回去吧。"看她的样儿，显然还处在兴奋中。

　　回到家，处理完事务，已是晚上十一点多。我准备休息了。走过女儿的房间时，我打开她的门，里面没有开灯，有淡淡的月光照进屋子，可清晰看见床上叠得整齐的被子，书桌上高高堆放的书籍，只是已不见女儿的身影。我突然明白过来，女儿今晚已不在家住了。我是习惯睡觉前看看她睡了没有，或问问她是否想吃点什么东西。现在看来，这一切都是徒然。我有些失落，关上女儿房间的门，入睡，心里满是莫名而复杂的情绪。

　　周二，是女儿集训上课的第一天。晚上，女儿的爸爸坐在沙发上看电视，我坐在一旁拿着一本书，却怎么也看不进去。十点

多，老公的手机来了短信，老公说是女儿来的。我忙凑了过去，只见女儿发了一句话："我想回学校上课。"后面附上了一个大哭的表情符号。看到这句话，我的鼻子一下子就酸了。我哽咽地对老公说："快问问她怎么了，不习惯吗?"老公看了我一眼，也没说话，只是给女儿回复了一句："慢慢就习惯了。"

　　窗外，新月初起，极淡的月色给予我无限的感怀，无可言说。今夜，注定无眠。

奔 丧

今晨六点，我便起床赶赴关坝，为临近九十岁的老外婆奔丧。刚到，便有人让我去堂屋外婆的灵柩前下跪叩头。我虔诚地双膝跪下，叩了三个头，有人便在我头上包上白色的孝帕，并在腰间系上孝绳——用麻丝拧成的细绳。一切自然有序。

走出堂屋，来来往往的人各自忙碌。没有人大声玩笑，脸上严肃而悲伤。就连小妹四岁多且爱哭闹的儿子，也异常乖巧。我伸出手抱他，他便伏在我肩上，不言不语。没一会儿，外婆的灵柩被抬到了院坝。有人在喊："哭丧了，哭丧了。孝子们快穿孝服。"随即，有人拿来一大口袋白色长褂，至亲们一人一件逐一穿上。哀乐放了起来，悲悯而凄凉。一个道士念念有词，双手做着一些让人看不懂的姿势。接着，我便隐隐听到哭声，越来越大。我循声望去，只见外婆的三个女儿和两个儿媳早已跪伏在外婆的灵柩周围，失声痛哭。哭声悲切，听者无不动容。周围站了一大圈穿着孝衣或没穿孝衣的人，眼圈都红红的，有人不停地拿纸巾揩拭眼泪。

我站在不远处，听着声声哀乐，阵阵哭声，不再有先前的淡然。一抬眼，满是包孝帕穿孝衣的人，白色连成一片。再看看伏地而哭的亲人，我想，她们是要哭啊，从此以后，她们就没有妈妈了，从此阴阳相隔。其实，没有牵挂，更是心上一种无言的伤痛。我呢，

从此也不会有外婆了，她那瘦小的身影，永远在我的眼里消逝了。一下子，我也不禁心生痛楚，鼻子一酸，眼泪便溢满眼眶。

在我的记忆里，外婆一直很瘦小，个子矮，却也精干。听妈妈说，他们小时候，外婆对他们几个子女都很严厉，一不小心便会招来外婆的打骂。而外婆却对我们孙子辈异常慈爱。有好吃的，都给我们留着，没有的，想办法也要弄给我们吃。长大后的我们也常去看她。她每次单独见到我们姊妹其中一个时，总会把其余的几个一并询问个遍，方可放心。记得我刚和老公认识那会儿，把他带去见外婆，我们正坐在火炉旁闲聊，不知何时，老外婆已煮好了一碗荷包蛋给老公端来。这么冷的天，这么大的年纪……我和老公手足无措，吃也不是，不吃也不是……

老外婆逝世前那段时间，她的腿脚依然灵便，快九十岁的人了，还可以到处跑，但听力明显不足了，也不太认识人了，总是把身边的人张冠李戴，且常常忘事。她刚吃了饭，就说家里人不给她饭吃；刚去妈妈那里住了多天，却说妈妈不接她去耍；她甚至自己躺在地上，怎么叫也不起来，非说家里人打她………外婆逝世前几天，她不出门走动了，也不太吃东西了，目光也显得呆滞。我们都说，老外婆的日子不多了。没想到，才几天时间，外婆便永不能再与我们相见……

半个小时过后，在外婆灵柩前哀哭的亲人被旁边的人扶起。有人说，要发丧了。外婆的遗体将被送到一公里外下葬，让她入土为安。那里是一片树林，外公在那里已长眠了二十四年，也等了外婆二十四年。今天，外公和外婆将合葬于此，他们也终得以团聚。

我想，有了外公的陪伴，外婆的灵魂将得以安息，永久得到安宁！从此，他们二人又将携手奔赴新的世界，不再分离。

第二辑：听，花开的声音

花开人间，一切美好。不管是玫瑰、蔷薇，还是刺桐、含笑，那些来自花儿沁人心脾的馨香，滋养着我们的心灵，让生活充满芳香与色彩。慢下脚步，静静地听花开的声音，真好。

玫瑰花开

　　一个月前，从朋友那里拾得一株玫瑰枝，便栽插在一个小花盆里。此后，我便有一日无一日地用淘米水喂养，也不曾想它是否能养活，反正养着吧，也不施肥，也不特地学方法培植。没想到，十多天后，它居然发出了新芽。这令我兴奋不已。

　　许久没有去看她，只知道它长了很长的枝，让我无须走过去，一抬头便可瞧见它的模样。但我仍是有半月之余未与它好好相视了。

　　我很惭愧！我该抽空去看看它的！中秋时节，夜晚的清风很是怡人。我倚靠着阳台的栏杆，享受着温柔的月光给予我的静谧，安安稳稳地看着玫瑰长长的枝条上单薄的叶片，在夜风的轻抚下摇曳身姿。它的影子斑驳在阳台的格子门上，俨然一幅淡墨的画。

　　下晚自习的女儿走了过来，"黑黑的，干什么呢？""不是有月光吗，哪里黑？"女儿不习惯夜色太浓，便摁亮了阳台的灯。一下子，它的全身便清晰地映入我的眼帘。它长长的枝上，不知何时已长出四五个小花苞。我顿时喜从心来。我蹲下身去，离它更近一些。我爱怜地抚摸它们，感觉它们似乎有些分量，把那长长的枝条压弯了许多。或许是它把所有的力量都积蓄在这儿了吧，为了那一天能开放。它会开出什么颜色的花朵来呢？甭管了吧，只要有花开，便好！

　　一个周六早上，我起床后下意识地走向阳台来看它。天啊！它已于昨夜开始绽放，有一个花骨朵已经咧开，露出小脑袋了。居然是红色的玫瑰！我既惊叹又喜悦，忙嗅了过去。嗯，有一股淡淡的玫瑰香！"玫瑰，你好！"我亲吻了它！在我的触碰之下，它的身子轻轻摇晃起来，衬着赭红色花格子的门，它美得不可方物。清晨的空气是新鲜的，我深深地吸一口，仿佛空气里满是玫瑰的味道。此时，似乎有阳光照来，让这开出的第一朵玫瑰，更是多了些许的风情。它旁边的另几个花骨朵，静静在呆立着。"它们不会开出这么美丽的花儿来了吧？"我并不奢望这么小的枝上会有花团锦簇的风景。

　　"它会开多久呢？"我天性是个多愁善感的人。"自古红颜多薄命"。看它那美美的样子，我真担心它会早早地凋谢。我喂了它少许的水，并为它深深祝福："不要早早地谢了去。"从此，我每天都去看它，给它喂上少许的水。一天、两天过去了，三天、五天过去了，它依然花开甚好。一个星期过后的一天，我又惊喜地发现，它旁边的四个花苞居然也全部开始绽放。它们围绕在先前开放的那朵花身边，美得恰到好处！它们含苞待放的样子，显得那么楚楚动人。"真是些让人爱怜的花儿。"我禁不住轻轻托起这些脆弱的生命，我知道，尽管我精心地呵护，它们也会在十天，或者十几天后凋谢，花落成泥。那曾经香艳了我整个心房的片片花瓣，也会被风干在空气里，无关乎风月，无所谓风情。

　　我慢慢地收回我的双手，合十于胸前。或许明天的明天的明天，我已然不记得它的样子，但我会记得，它曾在我的心上，轻轻地，轻轻地来过！

刺　桐

　　汽车呼啸而过，从窗外闪过一棵红艳艳的植物，一会儿，又闪过一棵。快，来不及细看；远，来不及看清。但我知道那是刺桐。

　　清明过后，各种花都谢幕而去。而刺桐却受阵阵春雨的浸润，得天时厚爱，正式登场了。

　　刺桐，又名鸡冠刺桐，落叶乔木，红花，因形似鸡冠而得名。通过查资料得知，它还是中国福建泉州和日本宫古岛的市花。听说，它有毒，也不知为何它还可以成为市花。但它于清明谷雨时节绽放，于万绿丛中闪亮而出，确实耀了我的眼，诱惑了我的神经。

　　红，那是怎样的一种红啊！厚重，凝练，不含任何一种杂质的、活脱脱的中国红。远远望去，竟是一方红唇，温润而大方。它从浓密而宽大的绿色叶片中张扬出来，而你并不会认为它是恃骄而来，反而会因它的红而敬慕几分——那纯粹的、活脱脱的中国红。

　　我们学校门口就有一棵刺桐，多年了，它一直站在那儿。高大，枝丫一股儿向上。每年花开，我总喜欢站在三楼长长的走廊里看它，看它把红一点点绽放，看它那融入生命的色彩是如何高贵地擎在枝头。它花多叶少，远远望去，就像一簇簇燃烧的火焰，一点，就一点，就完全可以点燃你的热情，使你尽可能地去拥抱怒放的生活与激情的世界。

　　然而，它如果不在中国的泉州或日本的宫古岛，就显得那么卑微。没有人拿它当良好的木材做房梁、椽柱，甚至没有人拿它当柴火。它的存在仿佛与你我无关。一辆客车或大货车经过，它长在低处的枝丫便会被拦腰折断，甚至被压于车轮之下。没有人在乎它撕裂般的痛，以及它的生死。可是，它在乎，它自己在乎。它骨折了，却又尽可能地从连筋处吸取营养，努力向上。它或已垂落在地，却能从薄薄的泥土里寻到生命的力量，再一次向上，存活于世。为此，我看到了从地面开出的红花，依然那么明艳、洒脱，依然是完完全全的中国红，我可以低着头近距离地看它，可以享受和它虚度时光的快慰。

它真的就是那么卑微。鲁迅笔下有"物以希为贵"之说：北京的大白菜运到浙江，倒挂在水果店头，便可称为"胶菜"，成为餐桌上的贵宾。那么刺桐，我怎么看它都贵不起来。尽管它开着拥有象征高贵的中国红的花，它依然贵不起来——因为它随处可见。小路边，大道旁，乡野里，都可看见它的身影。"快看，刺桐，花多么红艳！"那天，我惊喜地对朋友说。"刺桐哦，经常看到，有什么惊奇的。"朋友的不屑让我有些难过与失落。司空见惯的东西就没那么招人怜爱和珍惜了吧……我这么想。但我又不这么想！"存在就是合理。"德国哲学家黑格尔曾这么说。那么刺桐的存在也是合理，它自有它存在的价值。何必非要追求"我花开后百花杀"之集三千宠爱于一身的境界呢？刺桐花开，于处处可见到的红艳，早已征服了很多人的心吧（当然不包括我那位朋友），不然，它怎么可以成为中国泉州和日本宫古岛的市花呢？

我突感欣慰起来，停下所有的思绪，于偌大的操场上以随意的姿势，放眼过去，寻觅刺桐，愿与它再一次虚度时光。对，后山上还有好多！我的目光追随它们而去。

一生含笑

初次听到这个名字，我便喜欢上了它。

如一个温婉的女子，花开而不放，笑而不语。说到它，就如在抒着淡淡的情，仅一低头间的娇羞，你就邂逅了人间一位优雅而矜持的女子。轻挪，缓步，无须修饰，便让你遇见一种不可言说的美。

它叫含笑，一个温暖的名字。绿叶乔木，木兰科，可盆栽于院子，与你为邻。看着它，你的眼里定会笑意盈盈。

每年二三月或三四月间，含笑花开，或白色，或淡黄色。白色为深山含笑，花瓣为九；黄色为乐昌含笑，花瓣为六。长长久久或六六大顺，含笑带给你的，都是美好的祝福。

我喜欢花开黄色的含笑。乐昌含笑，因最早发现于乐昌市而得名。三四月间，花儿从疏密有度的绿叶间悄悄绽放。厚实的花瓣，润泽有形，精致而饱满，如食用百合。淡淡的黄，透着典雅的美。花瓣有似镶嵌的花边，淡紫红色，高贵的同时，还留给含笑一抹浪漫的色彩。花蕊直立于六片花瓣中间，似袖珍的塔松，碧绿色。周围有像经晾晒后的萱草环绕，像母亲的手温柔相拥，带给你一份久违的温暖。

我喜欢开花的含笑。淡淡的花香随风而来，轻触鼻翼而去，留下一缕香氛，环绕你的思绪，带走所有忧伤，抚平漾漾心海。

初识含笑，是从别人的微信朋友圈里，关注了一个以介绍植物为主的公众号。从它每天推出的一期植物中，我认识了从未谋面的含笑。爱上它，并不在意料之外。仅从它的名字，就足以让人欢喜。

四月的一天，一个有暖暖阳光照耀的日子，在一栋楼的楼梯拐角处，一大盆乐昌含笑与我不期而遇。熟悉的椭圆形叶片中，一个个温润如玉的花苞浅藏其间。其中有两三个花苞正悄然绽放。好久不见！我俯下身去，轻嗅那朵与我最近距离的花儿。醉人的香若幽兰般悄悄袭来，沁入心扉，烦忧顿消。哦，含笑，与你初见，如此美好。不知是谁能识得你的美，记得我的好，竟留予我们此刻的遇见。这一刻，你留在了我清晰的脑海。

时间匆匆，迈开脚步，却频频回顾！

一个周末，走进友人的屋顶花园，眼花缭乱中，我再次遇见了它，一个大花盆里一株长势优雅的乐昌含笑。它正于轻风中摇曳生姿，花期已过，赭红色小果依旧点染我的心怀。喜欢，从来都没减退过，我忙迎了上去。朋友说，这边少有人识它，是她托友人从外地带回，种了三年了，好种。含笑花开之时，屋顶是她最喜欢来的地方。

没想到朋友对它也如此钟爱。仔细瞧她，秀丽的脸庞，满眼带笑，往后梳理得干净整齐的发髻，更衬托出她清丽而婉约的女性之美。此时，她正轻柔地侍弄花盆里的花叶和花枝，和那株含笑一起，我已然分不清谁是谁的美！好一个优雅的女子！我不禁

看得呆了。想起宋代诗人邓润甫说，"自有嫣然态，风前欲笑人"，说的不就是眼前的这一幕？

　　总是想自己也种上一株乐昌含笑，可以和它共度一些清浅时光。择上一个好日子，到花市，众里寻它，果然得见。造访者甚多，我挤至近前，只见它倩影依然，幽香暗袭。讲好价钱，终是带上我喜欢的一株，尽兴而归。培土，修枝，浇水，忙活一上午，盆满枝溢，成就一道风景。

　　我终不是一个雅致之人，只是远远地看着她，便好。

　　"踏雪寻梅并非有意，偏偏与你相遇相识……"远处有优美的音乐声传来，我看着侍弄好的含笑，不禁乐从心起……

赠君一缕梅香

天气越来越冷了！

是的，皮的手套，毛的围脖，加厚的冬衣，可以套上身的，基本都套上了。这是一个严寒的冬季。每个人都尽可能地让自己温暖一些，再温暖一些。而在这越来越冷的空气里，偶然飘过的一缕缕梅香，却亦真正温暖着一个人——不，是心！

还记得，在深秋的阳光下，曾看到的那树树含苞待放的梅花苞，不识得梅树的枝叶，也不识得它就是冬日的精灵。用手捻开一个，熟悉的香味便环绕在身旁。多了初见，红了脸庞，没想到它竟是这般早早地孕育香醇，于冬，可以完美绽放。于是，我便不时回头，留恋它几树平凡的枝叶，亦于心中深藏几许心事。

一场大雪过后，冬至姗姗而来，渐渐收缩的空气里，多是冷的味道。我开始思念冬日里的精灵。"越是寒冷，花开得愈精神，愈透气"，我倒是希望冷一些，再冷一些。数九开始，也不急，可以慢慢地数。心里有念念不忘的情怀，心多半是急不起来的。我可以慢慢等，即便是等它轻轻悄悄地，挪移到我的身边。在越来越冷的天气里，我思念的那缕空气中的香甜，或许，它们早已绽放在枝头，迎着冬寒，南枝独立，香闻流水处，影落野人家。

在这样的冷空气里，同事们都喜欢蜷缩在火炉旁，而我却喜欢打开那扇窗，喜欢一抬头，便可看见两树优雅的梅，在冷风中傲然绽放。我站立窗边，任那缕幽香朝我浸染而来，随意诱惑着我脆弱的情怀。我与它们目目相对，它冷傲的身姿，却在我眼里风情万千。

大街上，与闲庭信步的情侣或是匆匆而行的学子擦肩而过时，一缕幽香便扑鼻而来。我或许就情愿站立不动，让那缕幽香绕满我的心房。我知道，那是他们手持的一枝枝梅，幽香弥漫，驱散了周遭冷缩的空气——一个人，便可以温暖起来，头顶似乎有阳光朗照！

我总是会找到卖梅的人，选上最心仪的一枝拿在手上。我用双手捧着它，似乎在捧着一个春天，可以用来温暖我的整个冬季。一路走过，享受着诸多赞许的目光，我不由得向手中的梅致以深情的谢意！把它安顿在花瓶里，放入几粒盐，梅香就在小屋里四处飘飞了。

看着花瓶里安静的梅，我越发思念那片梅果。不，现在应该也是梅香恣意了。我真想驱车前去，让香氛绕我一身，折花带回，也赠君一缕梅香，问君可好？

我种小碗莲

一

初中时学周敦颐的《爱莲说》，懂得莲"中通外直，不蔓不枝，可远观而不可亵玩焉"的情操，从此，莲便在心中深种了。后又受朱自清先生的《荷塘月色》浸染，于是，那圆润高擎的荷叶，盛夏怒放的莲花，以及那淡然飘来的荷香，便在心头萦绕而不可去了。

我没能拥有大片的土地可以种植莲。闲逛网络，见有名为"碗莲"的莲可种，只需种在不大的容器里，放置于自家茶几或办公桌上，便可种得莲花几朵朵。于是从网上购得碗莲种子数粒，开始种植小碗莲。

查阅资料，说，小碗莲无休眠期，四季可种，只要在水温16摄氏度以上便可生长。欣喜之余，我开始尝试着去做一件想做却一直未做的"大事"，或称"喜事"——等得花开便好。

取得莲种后，我还是不够稳重，带着小小的喜悦迫不及待地用小刀剥开种子尖尖的一端（另一端是圆的）成一小孔，置于小容器中，装上水浸泡。首次就种上六粒吧，六六大顺，希望小种子们能健康成长。资料上说，种子泡上一到两天便开始发芽，我开始等待那小小的嫩芽破壳而出。在种子的嫩芽长到十厘米长之前，得一天给它们换三次水，于是，我总是要很勤劳。在给它们换水之际，我总能看到水面上漂浮的小气泡。"它们在冒泡泡。"我说。"它们是在呼吸。"女儿对于我的说法不予赞同，我觉得女儿的说法更确切一些，也更美一些。

二

第二天，早早地起床，便去给小碗莲换水。我欣然发现，有两粒种子已发出了小小的嫩芽，曲背而出。"真好！"我心头悄喜，继续换水，等待其他种粒也能好好地发芽生长。让人意想不到的是，在我继续换水之间，几粒种子也陆续出芽，而先前出芽的也在迅速成长。到了第四天，已有五粒种子的芽嫩嫩地出来了。"真是些可爱的小生灵。"我不由得为它们赞叹。五天、六天，水在继续换，芽在继续长，我却发现，有一粒种还是没动静，而其他的小芽已长到近十厘米长了。"这粒会不会不发芽了？"女儿问。"再等等看，你看它不是还在呼吸吗？"我分明看到这粒种子上面漂浮的小气泡，"还有生命迹象，就有希望。"我说。但资料上说，如果种子七天仍不出芽就不会出芽了。我为这粒小种担心，是我没为它开好呼吸的小孔？还是它真的本来就没有生命？再等等看吧！我内心虔诚地为这粒小种祈祷。

三

今天是种植小碗莲的第七天。我还是担心那粒没发芽的种子，今天可是注定它命运的最后时刻。我没有心急，慢慢地靠近小花盆，慢慢地蹲下身来。我目光第一眼触及的是那几粒已发芽的种子，它们的芽已长到十多厘米，仍在小花盆里肆意生长。在芽的顶端似乎还有小叶片要张开。而紧挨发芽部位，另外的两到三棵小芽也正起航，以展示它们顽强的生命力。而它们的种壳，已被这些小芽撑得裂开了好多条口子。突然想到种子的力，真是佩服它们。想当时我用小刀为它们剥开出芽小孔，可是费了不少的劲，险些还划伤了手。我怜爱地看着它们，真为它们强大的生命力感到欣慰。我蹲在小花盆边好一会儿，却始终不敢去瞧那粒让我担心的小种，尽管它就在我的余光里。

"妈妈，那粒种子发芽了没？今天可是第七天了。"看来女儿也在担心着这粒小种。"我瞧瞧吧。"其实我早已瞧见了它，它还是无动于衷地住在那儿，只占去一块小小的地儿，一动也不动。今天，我没再瞧见它上面的小气泡。我突然明白了，此时，它的生命历程就算走完了罢。我小心地拾起了它，放在掌心里，它的身子经过七天的浸泡，变得软软的。我仔细端详着它，我为它开的小孔依然没有任何变化。我沿着小孔边，轻轻地剥开外壳，她白而健康的果肉顿时显露在了我的眼前。我把果肉掰成两半儿，便瞧见了它嫩而绿的胚芽，胚芽仍静静地躺在那里，弯曲着。

"它应该可以发芽的。"我默默地说，"一定是我开的小孔不对，让它透不了气。可我明明看到了它呼吸的气泡？或许是开的小孔不够大，造成它呼吸困难，让它窒息而去……"我的内心充满了自责、懊悔。"开好小孔后检查一下就好了。"可后悔又有什么用呢？"这粒种子发不了芽了。"我对女儿说，"可能是我开的小孔不够大，终是我害了它！"我终于把自己的过错说了出来，心里感觉畅快了许多。

四

小碗莲的小芽已长到近二十厘米了，不，应该说是它的茎了吧，长长的，不像芽了。再看它的头顶还有貌似小叶片的形状在努力地向上伸展。且后来长出的小芽也在努力地生长，有的茎上还发现新长出的小芽。见此情景，我内心甚是欢喜。见小碗莲长势喜人，我决定给它换一个新的环境。对，换个小玻璃缸吧！我把玻璃缸洗干净后，再放入一些贝壳，为了让小碗莲的生活空间没那么寂寞。装上水，我轻轻地把每一棵小碗莲移入玻璃缸内，并倒入几滴营养液。绿绿的几滴营养液下去，快速地溶解到水中，

我想，小碗莲这次定不会营养不良了。快快长大吧，我的小碗莲！现在，它不会太需要我了，三天换一次水，足够让我放心的了。

五

已没记住今天是种植小碗莲的第几天了，一大早准备给它换水时，突然发现有一片绿绿的小圆叶已静静地躺在水面上，内心有一种突如其来的喜悦。它咋就长得这么快？前几天才听朋友说起她比我先种好久的小碗莲才散开了几片小叶，我想，我的不知要何时才能长成这般模样呢。这才几天的工夫，居然有如此长势？！虽然还只有一片，却那样的惹人，小小的，绿绿的，嫩嫩的。我默默看了它好久，舍不得离开。再看旁边，也有好些小叶片还蜷缩着，身子显得那么稚嫩。数数看，每颗碗莲种子都发出了三粒小芽，现已长成很长的叶茎，在水里相互环绕。叶茎顶端，都托着或大或小的卷曲着的小叶片。我看到，每一根叶茎都在努力地向上长，有的已经伸出水面，甚至于玻璃缸外。看到它们完好的、积极的生命力，我突然想到了我自己，想到自己的整个假期已快结束，我却好像什么事都没做成。我已在默默中浪费了多少时间？我不敢计算，更不敢审视自己，只是内心蓦地生出一些伤感来。哎，人生本就有诸多遗憾和缺失，这点又算得了什么呢？佛说：少欲则少烦，刹那便是永恒。我信了。

等待着这些小叶片全都舒展开来，那我的小玻璃缸就会被绿

色渲染，到时再给它放入几条小鲤鱼，呵呵，我的小玻璃缸就成为一个小池塘了。走出一时的心理阴霾，我欣喜地幻想着小碗莲初长成塘的景象。我轻轻地端起小玻璃缸，给它们换水去！

六

　　我终是没有等到小碗莲花开成塘的美丽。在小碗莲们长出两片或三片叶子的时候，我发现最初长成的叶片已呈枯萎状态。我心痛得不知所措。忙上网查看，也没得个究竟。或许是天气太冷了，或许是营养不良罢？我不太明确自己的想法了。种植之前明明有文字说不需要太多营养与精心呵护，可是现在……几天下来，有新叶片在不断伸展，变大，却也有旧叶片在不断枯黄，死去。再看看那碗莲种，漂浮在水面，毫无生气，滑滑的，快要坏死的样子。正值难过之际，朋友打电话来，并无伤感地告诉我："哈哈，我已把小碗莲种死了。我可能不会种吧。你的呢？""我的？"我迟疑了一下，并没有回答朋友的问话。

　　我想告诉她："我的长得很好呢，只是在我心里。"我终是没有这样告诉我的朋友。我知道，在朋友面前，我是显得伤感了些。我很惊叹朋友面对生命变化时的泰然处之——人皆生死由命，何况是一粒种子？但实际上，我们是可以延长小碗莲的生命的，如果我们精于种植，如果我们再用心一些，如果我们真正懂它……我还是明白了，对我们这样不懂种植的人来说，对于小碗莲，是

一种伤害罢。不记得谁说过这样一句话：懂得，才可拥有。我和我的朋友终是属于不懂得这小东西的。

我把已枯萎的小碗莲轻轻捞起，放到一块种有蔬菜的泥土中。"化作春泥吧。"我默默地祝福小碗莲，希望以这样的一个小小的动作，可以让它含笑人间。

一抹红艳飞到墙外去

　　三角梅又开了！路旁，花园，房顶，到处都可见它们灼灼的身影。

　　我其实是不太喜欢三角梅的。认为它太招摇，不像丁香、百合一样含蓄、优雅。但我还是敌不过它一次次在眼前对我的诱惑。它热情、怒放，我终还是驻足下来，或俯首，或仰视，有时甚至摘下一两朵，置于掌心轻抚，它纯粹的红艳，三瓣像花的叶，三条细长的、触须似的花，便可清晰于脑际了。

　　我想我还是喜欢三角梅的，我一直想种一株三角梅！

　　朋友说："种花是一件很有意义的事，想种就种吧！但花儿们需要足够的耐心去侍弄，你这急性子，可有这份闲心？"我明白，种花是一件颐养性情之事，就当培养一下自己的耐心吧。

　　到了朋友的屋顶，我有些眼花缭乱。这里是一个大花园，正是春天，各种花都开了，各色各香的月季、玫瑰、君子兰、杜鹃、芍药，以及几盆不同颜色的三角梅。我走近它们，看着它们曼妙的身姿、红艳的脸庞，便油然生出几分喜欢来。"只要给它一地儿，它会爬满整个地方。且花期很长，也易种。"见我有几分怜爱，朋友给我推荐。"这个我知道，"我说，"我就想让我家整个阳台都是它的影儿。"

从朋友家搬得一盆三角梅回来，置于自家阳台，我就仿佛已经看到它花开满眼的样子。"需得搭一个花架吧。"我想，"总得给它们一个方向。"我把整个阳台的边缘都搭上花架，三角梅就会沿着花架生长、伸展，爬满整个花架了！

"为啥只想种三角梅呢？"朋友问。

"三角梅的枝蔓很长，长出来，蓬蓬勃勃，很有趣味。同时，我想让别人也看到。"

"让别人也看到？"

"是啊，其他的花枝蔓太短小，伸展不出去。"见朋友吃惊，我解释道，"德国人种花，自己的花都是种给别人看的，我也想学学他们。"

"那种蔷薇也行啊，它的枝蔓也长。"

"蔷薇很好，但身上刺太多，怕伤着了人。"

"嗯，有道理。"

朋友终不太理解我的情有独钟吧！我也不太做解释，只是专注侍弄我的花架。我想，三角梅何时才能长满阳台的花架呢？一年，两年，还是三年？应该时间不会太长。或许，像朋友或其他人有一天也将自己的花种到阳台或窗台上，给别人看，那将是一道多么美的风景。到那时候，我们每个人走出门，都将收获一路的芳香、满心的欢喜了。

站在阳台上，看侍弄好的花架和有三五朵花的三角梅，我想，那一抹红艳不久终将会飞过墙外去。

最是蔷薇惹我

朋友说，等他退了休，会用最多的时间种上一院子的蔷薇，爬满篱笆墙。不得不说，我的想法与他不谋而合。

我一直喜欢蔷薇。

每年一到三四月，就看蔷薇们长得葳蕤，分枝，抽叶，一派繁盛。四五月时，它们便可以花枝招展，迎风怒放。

那时，我喜欢站在风里，做深深的呼吸，空气里，满是蔷薇的香甜。

初见蔷薇，是在一个叫安泰的农庄。农庄本是种着桃树、梨树的，一到花开时节，城里人便拥至那里。而我那一次去，梨花都已开至尾声，却意外遇见花开正好的蔷薇。

蔷薇开在农庄门前十来米长的水泥路两旁，路两旁有用竹篾条搭好的篱笆墙，篱笆墙有一人多高，蔷薇就顺着一人多高的篱笆墙爬满了路的两边。还未到农庄，就闻到一阵馨香飘来，有朋友说，是蔷薇。

是的，是蔷薇，它的花朵比玫瑰开得小了很多，却开得异常热闹。此时，它们正一朵一朵地以不同的姿势努力开放。红、淡红、粉、淡粉，一朵接一朵，从绿叶中拥挤着探出头来，蓬蓬勃

勃，笑意盈盈。每一朵都让人爱慕不已，直想拥至怀中。在蔷薇花前站得久了，分明可以看到从淡黄色花蕊中升腾起来的香氛，悄悄就绕你一身。

是的，这就是蔷薇，它属于蔷薇科中较小的角色。常开在路旁、山野，只要有土，它都能生长，开花。甚至在干旱、贫薄的土地上也能成活。当李啊，桃啊，杏啊，这些蔷薇科中的名角都粉墨登场后，它才缓缓归来，走近你，留下温暖的记忆。

"袅袅长数寻，青青不作林"，或许蔷薇是灌木，不能长成林子，在众多诗人的名篇中，蔷薇很少入诗。但如果我会写诗，我定会用诗赞美它，表达我的爱恋。想起杜甫诗中"黄四娘家花满蹊，千朵万朵压枝低"时，真想问问黄四娘种的是不是蔷薇？如果是，那么多少可以为蔷薇找到一些慰藉了。

从蔷薇在我心里入住后，我眼里常常寻着它。

行车在路上，窗外的石头缝处，几根绿色的细枝伸出来，开满红红粉粉的花，空气中也偶尔飘过一缕两缕清香，我知道那是蔷薇。看似普通的花朵，就在风中随意一站，便舒缓了诸多路人的情绪。我说，如果可以，真想挖一株回去种上。女儿笑我，路边的野花不要采。我笑，不答，它可不是野花。

后来，在万盛的凉风村，我看到了让我惊艳的蔷薇。溱溪河一直绕着凉风村逶迤而行，而在溱溪河两旁，蔷薇铺满了河岸。远远望去，那些蔷薇像是给溱溪河戴上了花环，河水在花间流淌，淙淙有声，显得幸福而快活。我暗自欢喜，原来，在凉风村，也有懂得欣赏蔷薇之人。

我和友人无意间闯入凉风村，那正是一个雨后初晴的下午，

万山青翠，空气清透。沿河慢行中，那一簇簇蔷薇花儿正在阳光中盛放，透出青春的光芒，直惹我的心弦。一颗颗水珠儿挂在花瓣上，欲坠非坠，晶莹闪亮。雨后的蔷薇，在轻风里顾盼生姿，更多了一分妩媚与多情，更是让人爱怜。地上落满了花瓣，我知道那是上午的雨惹出的祸端。

　　我没有林黛玉的忧郁与情思，不会唱"花谢花飞花满天，红消香断有谁怜"，但看到满地的花儿，心里也还是多出几分惆怅。

　　"自古红颜多薄命。"我说。惋惜中，却看到片片和雨零落的蔷薇，已化作春泥。蓦地想起，"落红不是无情物"，于蔷薇，何尝不是一种生命的升华？

　　又是一年花开早，今年的蔷薇已蓄势待发。期待中，我下笔写道：最是蔷薇惹我，不是招摇。我愿与尔同醉，一生无悔！

栾花纷纷

今年的秋雨来得急，至少比去年要急。还没来得及让秋风起，便刷刷刷地，独自就下了整整一天。

因雨大，下班后改走后门。后门没走几步，便看见一棵高约十米的黄花栾树挺立在路旁。因少走这条路，也没看见它是何时长成这般高大。有风吹过，黄花栾树便会摆弄它高大的身躯，把繁茂的枝叶弄得呼呼作响，嘹亮动听，像一首凯旋曲。

正值九月，正是黄花栾树的花儿盛开之际。满树的花儿几乎掩盖了它所有的枝叶。放眼望去，也只得见一枝枝的、黄黄的花儿开放在树尖，像极了一顶大大的黄冠。我不敢想象，如果此时有风，那些正在枝头绽放的花儿们，将会是如何的纷纷扬扬，芳香迷人。一场花雨缠绵，便是花儿们最美的优雅转身。

可是，今天没有风，只有雨，且是秋日里较为大的雨。

于是，我没有看到花落飘飞的美丽，而是一种零落成泥的凄迷。

雨仍在下着。

栾树花儿已落了一地，绕着树的四周，满地都是，看上去像铺了一层金子。挨着路边的，已被不解风情之人踩了过去，和着

泥土与雨水，花瓣的模样已不成形。这些可怜的花儿！我莫名地为它们难过起来。它们本可以慢慢地开，可以让蜜蜂亲吻，可以和阳光共舞，可以让人仰慕地说："这花开得真美啊！"可就因为这场雨，它们的美丽转瞬即逝，还没来得及绽放美丽，还没来得及让人片刻惊艳，便香消玉殒，魂归故里。哎，自古顾影难自弃，红颜怕薄命。我不知道，一滴滴的雨无情地敲打着这些脆弱的花儿时，这些花儿是如何的悲切与痛楚。它们可曾呐喊？可曾悲恸？可曾恋恋不舍？可是现在，它们只能无力地落将下去，和雨化为泥。

和着雨滴，仍有片片花瓣在飞落，没有声息。栾树枝头，还有花儿在盛放。我默默地为这些花儿祈祷，让雨小一点吧，让美丽持久一些吧……

我心痛地离去！

坐在回家的车上，听旁边的人说，今儿下了一整天雨，明天要放晴了。是吗？明天有太阳了？我脑子里突然闪过一丝欣喜。明天的艳阳，定会装扮那些花儿的脸庞吧？它们会更加娇艳欲滴？

……或许吧！

第三辑：爱在山水间

　　仁者乐山，智者乐水。山水相依，人世间便可千娇百媚。我爱着那片生养我的山水，几番轮回不散。思念从心底升腾，爱恋从草木中萌生。山水在，情怀在，懂你便好，欢笑流淌山水间。

黑山谷的桥

　　黑山谷有水，所以有桥。黑山谷有灵动的水，所以有千姿百态的桥。

　　黑山谷有桥，其乐无穷，心绪悠然。

　　黑山谷的桥，有两种。一种是静的，一种是动的。

　　静者，让人深感一名女子的妩媚与娇羞，情不自禁想到爱情；动者，则让人跃动与刺激，让你越发变得年少与活脱。走进黑山谷，踏上黑山谷的桥，定会让你感受动与静的完美结合，让诗情画意游走于你的心尖，让灵魂的释然荡涤你的胸怀，回归我们最初的本真。

　　炎炎夏日走进黑山谷，清凉的风会热情地与你相约。随着淙淙的流水，犹如聆赏一路的歌声。就这样漫步而行，每数行几十步或上百步，我们就可以踏上桥。静静的桥，全身的红木质结构使其显得温婉而庄重。你看，她弓着身子，静静地等待着你。桥在两旁成荫绿树的掩映下，更有一份矜持之美。待我们上行几步，平行几步，再下行几步，或是平平地走上十几步，几十步，桥就完成了她这次的使命。踏上这样的桥，我们的步履也是静的，缓的，柔的。轻轻地走上去，静静地站在桥上，细细地听桥下水流的低语。一阵山风吹来，清幽的环境让人尤感惬意与美妙。不经意间，我们就会想起许多有着美丽爱情故事的桥。比如牛郎与织女每年七月初七相会的鹊桥；比如白娘子与许仙"千年等一回"的断桥；"伤心桥下春波绿，曾是惊鸿照影来"是象征陆游思念唐婉凄婉的小桥；梁山伯与祝英台缔造千古绝唱爱情故事的草桥；痴情女为郎送鸡汤而后成就为云南一绝"过桥米线"的木桥；见证一对有情人相守一百年的奈何桥……这时候的你，心随景动，情由境生。这时候的你，一定会想起爱人，一定会想起如果牵着爱人的手，轻迈上这样的桥，共享黑山谷的桥带给你的美丽故事里那份遐想与快慰。于是，你的诗意，你的情怀，就会连同黑山谷，连同这桥，连同桥的故事，被定格在如诗如画的山水境界里。

黑山谷的桥姿态不一，长一点的，短一点的，高一点的，矮一点的，弯一点的，直一点的……不计其数。有的显得高贵而典雅，有的显得温和而小巧，有的显得大气而壮观，有的显得肃穆与庄严。但不管是哪一种桥，不管是怎样的桥，每一座桥总是静静地守候着桥下的水，等待着桥上的人，述说着桥上动人的故事……

这样静静的桥，为黑山谷平添一份静谧之美。让每一个走进黑山谷的人，都能感受一份宁静、祥和、雅致与清幽，还有一份久违的浪漫。更令人叫绝的是，在黑山谷的五大峡谷里，还有一种动起来的桥，人们称为浮桥和吊桥。浮桥依水而建，跨水而行。牢固的绳索把一块块红木板结连成一串，悬浮于水面，两边也有绳索拉扯，只需稍一用力桥便会晃动起来，你却不用担心绳索会断掉，放心地走，大胆地走。人走在上面，桥的不断晃动，让人既紧张却又感刺激，同时能享受"人在桥上过，却似水中行"的神奇。但凡来黑山谷的人，每每走上浮桥，会故意摇动桥身，加剧桥的晃动。桥晃动起来，水花飞溅起来，于是，从山谷里便会时时传出酣畅的大喊，尖叫。你或许就会和他们一道兴奋起来，体味一种从未有过的放松。吊桥，太高，悬于半空，让人望而生畏。它比浮桥更易晃动，人走在上面，胆小的不敢俯视桥下，胆大的却觉得这吊桥更刺激更有挑战性。有了浮桥与吊桥，静静的黑山谷更显生气十足，妙趣横生。在黑山谷里，这样的浮桥与吊桥，有十余处，且长短不一，高低不等。浮桥与吊桥，是黑山谷里别样的景致。

黑山谷的桥，静与动相得益彰，以此点缀着灵动的水与清幽的山，让黑山谷更加完美地展现着自己美丽的身姿，那么地楚楚动人……

落叶融金

初冬了。有朋友说，南川的银杏村已是一地金黄了吧，应该去看看！是的，我也这么想。

其实，我生活的小城，就种有许多的银杏。迎宾大道、塔山路、黑山大道等道路两旁，均是亭亭玉立的银杏。车行在其间，这些银杏就像两旁站岗的哨兵，守护着来来往往的车辆与人群。每到秋的时节，随着一天比一天紧的秋风，银杏树的叶子就由绿变黄，再到金黄。至深秋初冬时，入眼来的，便尽是满树的金色，满心的惊喜了。

读初中时，语文书本中曾说，银杏又叫公孙树，又因银杏果的核皮纯白如银，故又美其名曰：白果，被称为植物界的"活化石"，具有很高的营养和药用价值。为此，对于银杏，自小就有一种莫名的钟爱。还记得那会儿上学常走的一条小路旁，就有一株银杏，矮矮的，在乱草丛中，毫不引人注目。但那看似普通的扇形似的叶子，规矩的叶片分叉，依旧隐藏不了她高贵的气息。在偷窥时，悄悄摘下一片，藏匿于书页中，如获至宝般珍爱。后来，也不知这株银杏的命运如何，或许早被不识她的人当作杂木铲除，弃于一旁了罢。

　　今天的银杏，俨然已是一道美丽的风景。在银杏群居之地，早是摄影家们聚焦的地方。当深秋时节来临，"咔嚓"之声便会不绝于耳。那高大秀颀的身形，那精致小巧的叶片，那秋高气爽下的金黄，便成就了镜头下一幅幅装帧精美的图画，让眼睛邂逅一次次美妙绝伦的场景。

　　其实，我更喜欢金黄的银杏叶飘飞在风中的感觉。

　　每年的 10 月、11 月份，银杏叶就在秋寒的孕育下，成熟，变黄。寒气愈重，她就黄得愈精神，色彩愈鲜明。我认为，她是可以和秋霜中的菊媲美的。细腻、润滑、金黄的落了满地的叶，让人心生怜爱。随着风，我知道这些成熟的银杏叶是以怎样的优雅转身，幻化成一个个奇妙的音符，谱写优美的秋日赞歌。每当这个时候，我便喜欢站在银杏树下，看银杏叶优美的身姿，随风而舞。如翻飞的黄蝴蝶，轻盈地落在我的头上，肩上，手上。我总是会接住那么几片，细数她清晰的纹理，触摸她光滑的背脊，贴于心房，感受秋冬日的温存，附于耳际，倾听庄严的秋声。看那满地的落叶，厚厚的，像铺了一地金子，又似软绵绵的一张地毯，却终是舍不得踩将上去，尽管我知道那会是一种特别惬意的感觉。"谁怜流落江湖上，玉骨冰肌未肯枯。"看着这天荒地老般的黄，怜者自有吧，我想。

　　在银杏树下站得久了，我已仿佛着了一身金黄。银杏是我？我是银杏？我已然分不太开了！

办公室门前的鸟鸣

我工作的地方，是一个依山傍水的地方。清清的河水映照着青青的大山，周遭的空气清新得让人迷恋。盛夏时节，这里的温度明显比城中心低上两三度。在这样的环境里工作，应该说是有些享受。

我的办公室，就在这地方的一个较为背阴的角落，但阳光还是可以照进来。在我办公室门前有两棵小叶榕树，几年下来，小叶榕已长大了不少，从半人高长到一人半高了，足可以成荫。每年春天来临，小叶榕长出新芽，嫩黄嫩黄的新叶，煞是让人喜爱。每年春夏之交，小叶榕便苍翠起来，显得郁郁葱葱。繁茂的枝叶，亦然成为小鸟儿们向往的家园。于是，我的办公室门前，便不再有往日的清静了。

每天走进办公室，这些栖息在小叶榕上的小东西们便会给你打招呼。先是听见一声轻啼，"叽叽"，随之群起，"叽叽叽，叽，叽叽。"先起的轻啼仿佛是引导者，随着时间的推移，节奏也随之变换，"叽；叽叽叽，叽叽叽；叽叽，叽叽；叽叽叽叽，叽叽叽叽……"这些不同节奏的声音，像是孩子们围在母亲的身边，给予母亲的问候；又像是孩子们嬉戏时，不停的应和之声。不，应该都不是，这分明是赋有韵律的奏鸣曲。于是，小叶榕树就变得

热闹起来。"叽叽，叽""叽叽叽"，一声接着一声，此起彼伏，真是动听。时而还可听见它们在叶丛间轻掠的声音，那声音听着轻灵，让人遐想，或是在舞蹈罢，也可能是在做操罢。但这些想法似乎都显得庸俗了些。我想我是亵渎了这些小东西的世界了。

从这些小东西叫声的轻缓，自然可以想到这不是一只两只鸟儿发出的声音，应该是一群吧。我是这样想。我坐在办公室里，经常被这些小东西的叫声所迷惑。每当听到它们又开始闲聊，我就常常忘却了手中的事，侧坐身子，凝神倾听起来。办公室里，我绝不允许发出太大的声响，以免惊吓到它们。我时常在想，这些小东西在聊些什么呢？这年的春天里，花开得是否比往年更灿烂一些？今天的阳光真好？还是说今年的雨季来得较早呢？其实，我知道，人类对于鸟儿们的世界是难以洞察的。或许那是一个纯美的世界罢。至少我相信，它们没有一种为世事扰心的痛楚，没有被生活忽悠的无奈。

坐得久了，我便会起身来，走到窗前或门口，想偷偷地看上这些小东西几眼，也是想弄清到底有多少只鸟儿在小叶榕树上栖息。然而，我的愿望从没实现过。走近它们，依然只是只闻其声，不见其影。偶尔有一只或两只调皮的鸟儿飞出榕叶，也只是一闪，便落入叶丛，以至于它们的花色都还未来得及看清。我真感叹这些小东西的机灵。我并没有告诉它们想法，或者是告诉了它们也未必听懂，它们也知道我并不会去伤害它们，才可以放心地栖息于离我这么近的门前，与我为邻。

办公室门前的鸟鸣，总会给我一种别样的心情，给我一天全新的感受。

丛林深处秋意醉

秋风紧，秋意便浓了。驱车往丛林而去，我们便享受了大山里迷人的秋色。

丛林是一个镇，面积54.6平方公里，位于万盛东北部，森林覆盖率达49.3%，下辖6个行政村。随着丛林菌谷景区的建设开放，以及对万盛的生命工程——白龙湖的保护，镇里的好多人都迁往万盛城区。在丛林镇这座茫茫大山里，曾经鸡犬相闻的热闹场景少了许多，但山里的植被却是越发地丰茂，空气也是越发地清新、自然了。

秋分前夕，单薄的衣服穿在身上，吹着山里的风，整个人都有了一种透凉的舒适感。我喜欢在这样的季节出行。

沿着盘曲的山路，汽车缓慢行驶，正好迎合了我们欣赏窗外美景的愿望。车窗外，山连着山，树挨着树，叶子挤碰着叶子。层层的绿，片片的黄，簇簇的红，不时闯入我们的眼。那是一些高大的栾树，这个时节，正是它们生命的黄金时期。远远地瞧着它们，就是一种美的享受。有些顶头是它们开出的花，金黄、透亮；有些顶头是它们结出的果，深红、润泽。这些鲜艳的色彩，和着山中其他的树与灌木，让秋天顿时丰盈而饱满。就这样，一

路的秋色迎着山风，一阵接一阵朝我们簇拥而来。

大约行有半小时，汽车在公路的尽头停了下来，我们的眼前出现了一条拾级而上的路。路用石块铺成，石级不宽，40公分左右，但铺得很整齐。同行的小张说，沿着这条石级路上去，有两棵古树，说有几百年的树龄，但不知树名。我们对小张的话颇感兴趣，就沿着石级而上，想看看这百年古树何等模样。向上大约行至50余米，路的右边便得见一片清幽的竹林。应该有几百棵竹子吧，或大或小或高或矮地长成一片。竹子们秉持着"风过不折，雨过不蚀"的风骨与气节，竹节清晰，笔直生长，轻轻一摇，竹叶便簌簌作响。我暗想，能与这么大一片竹子为伴，在这里幽居的人家，是多么清明与高洁。顺着小张的指点，我们在路的左边终于见到她说的两棵古树。那是两棵高大的树，挺拔，粗壮，繁茂。两棵树看起来有些相似，但仔细瞧去，又不是同一种树。它们一上一下，相距十来米。有一棵离路边近，有朋友试了一下，要两个人才能合抱得过来。

我走近路边的这棵树，轻轻拍打着它壮硕的树干。这么大的树，确实应该有上百年的时间了吧，我们都这样猜测。看它的树冠，张弛有度，枝叶疏密有致，毫无杂乱之感。枝蔓均先向外伸展，再一股儿向上，错落分明。我们都说，这么大一棵树，能长得这般规矩，真是难得。这是一棵什么树呢？小张说不上来，同行的朋友博学多知，他仔细瞧了一会儿，肯定地说，应该是麻柳。我也仔细对照了下，那像洋槐一样的叶子，确实有些像麻柳，但却没有麻柳那像流苏一样倒挂的花或果。这个季节，正是麻柳应该有花果的季节呀。因山里没有网络，用互联网软件也无法查实这树的真实名字，就暂且认为它是麻柳吧。再看另一棵树，虽和这棵麻柳一般高大，却明显不是同一树种。它的枝干挺直，斜斜向上，毫不弯曲。叶子宽大，一片片细看，倒像桐叶，又比桐叶厚实。小张介绍说，这树开白花，每到春天，一朵一朵在枝头盛放，煞是好看。我们虽也叫不出它的名字，但想，能开出这么美的花朵，一定有一个好听的名字。我想象着春天来临，这棵树开满白花的奇异景象。在这大山深处，居然还有如此高大的树木，有如此多彩的风景，真是有些难以置信。

正在我们感叹之余，一座砖木结构的房子出现在石级的尽头，正对两棵古树。房前是一块院坝，干净整洁，显然是有人经常清扫打理。院坝边沿种着各色的花，月季、黄花槐、大丽菊、山茶……只有山茶正孕育花朵，其他都或浓或淡地开放着。院坝再远一点，几只白鹅围圈在竹篾编织的栅栏里，时而引吭高叫，时而低头觅食，它们丝毫没有因我们的到来受到影响。一只灰黑色的小狗站在一旁，摇着尾巴。院坝的右边角上，一条小溪缓缓从山上流下，溪水清澈，潺潺作响。水流之处已让人用水泥修葺过了，形成干净的水沟，弯弯曲曲地向山下流去。院坝里很安静，房门倒是开着，我们叫了几声老乡，从里屋传出咳嗽的声音。我们轻轻地走了进去，只见一位老人躺在床上，但精神矍铄，见我们来，她连忙坐起来请我们落座。我们擅自闯入，有些不好意思，倒是老人显得热情。她得知我们从山下而来，便和我们山上山下侃侃谈开了。老人说，她已七十有余，因腿脚不方便，很少下床。养有三个儿子，皆有出息。平时和近八十岁的老伴在山里生活，此时，老伴下地劳作未归。孩子们都在城市，工作、生活称心。

孩子们多次邀他们下山颐养天年，两位老人均不答应，去了几次后最终都回到山里，才得以安心。每说到老伴和孩子，老人的脸上就笑意十足。除了聊家人，毗邻的地方特色以及当地的风土人情，她都能娓娓道来。这么大年纪了，依然口齿清楚，思路清晰。"看来这山里还真是养人。"我笑着对朋友说。"或是房前那两棵古树的神奇作用。"朋友笑着调侃。

　　走出这户山里人家，秋日的阳光穿过灰蒙的天空洒落下来，眼前顿觉明亮了许多。满山的秋在阳光下，显得静谧而美好。我回头看看那两棵古老的树，那户安静的人家，听着路旁水流的声音，以及空中时断时续的鸟叫，心情顿时愉悦起来……

芭茅、火棘与银杏

　　初冬时节遇上小阳春，这对于爱好出游的我们来说，无疑是一件喜悦的事。呼朋唤友，一行人便出发至九锅箐了。

　　九锅箐，这个距离万盛城区三十多公里的天然氧吧，被誉为"山城绿珠"的森林公园，因我们的到来，让她平添了几分宁静中的喧嚣。七弯八拐的道路两旁，植被丰茂，高的，矮的，大的，小的，各种叫不出名的植物，并没有因冬的到来而怯意收场。她们仍悄然地以诗的智慧，画的多情，饱满而温暖地释放着初冬时节含蓄而优雅的美丽。

　　你看，那些轻扬的芭茅，成片成片地吸引着我们的注视。远远望去，仿佛白雪降临，却少了冬之清冷，多了秋的灵动。同行的友人说，这是多么恬淡的田园风光。我却把她们看成一个个身着素衣的女子，立于山腰之上。她们淡然，不招摇，虽婀娜着身姿，却常常弯腰颔首。偶有风米，她们频频含笑，问好清风。我很想走上去，轻偎着她们，成为一幅画，或成就一首诗。但这样似乎是轻薄了她们，远远看着便好。

　　在九锅箐，一束束火棘很是招摇。它们不管你身在何处，都会跃然在你的眼前。它们小小的，圆圆的，却成百上千颗地簇拥

在一起，红艳艳地从小小的绿叶中脱颖而出。在阳光映照下，它们红得透亮，泛着微光。你若见了，会禁不住摘上三五颗，送到嘴里，用心品着那酸酸甜甜的味道。或许你并不喜欢它的味道，那么你也会折下一大枝，细看它颗颗小红果在带刺的赭色小枝上，如何招惹着我们。竖起来，垂下去，不管你怎么拿着，它都会是一道好看的风景。"你看，漫山遍野都是！"随着友人手指的方向，我们看到它这儿一丛，那儿一簇。"真是美艳了整个秋天啊！"我不禁赞叹。"不对，应该是秋冬两季。"旁边的友人纠正道。是啊，我忘了，寒冬来临，片片雪花飘落，覆盖在那簇簇火红的火棘之上。于是，九锅箐这座山上，到处都会呈现出白里透红的奇丽风景，那就是这束束火棘带给我们的全新视觉享受。

银杏的出现，会使整个秋天或初冬时节显得不萧瑟。在九锅箐，我们看到成片的银杏，也有三五零星的银杏。它们高大，挺直。秀美的身姿上，杏叶傲然地舒展着高贵的形体，扇形、厚实、金黄，这些精灵般的叶子，把整棵银杏树装扮得有了皇家的气势，大气磅礴亦光彩照人。有的银杏树下，已铺上了厚厚一层杏叶，它们自由地散落在银杏树的周围，毫无杂乱之感。分明是一片压住了另一片，或一片倚靠着另一片，你可以想象它们是相偎，是执手，又或是相望，不管是何种姿势，你都会觉得它们是那样的错落有致，层叠有序。每个叶片都会是一个精灵在与你对话，诉说来年或以往的故事。

在深秋或初冬时节，芭茅、火棘和银杏，成就了九锅箐别样的景致，是一种不可不看的景致。

秋

秋来了，于是，诗意便浓了许多。

阳光，在历经了数十个阴霾的日子后，晚晚地来了。她白而亮，柔柔地照着这个曾被阴雨缠绵了近一个月的小城。满地的落叶，怀着对树的不舍，用零落成泥的优雅转身，昭告着它们的生死相依。于是，我知道，秋，已近我身了。

"上山赏秋去。"朋友说。我们邀约上几人，率兴出发了。

与朋友驱车于弯曲的路上，路边的色彩便开始诱惑着我们。野花时时入得眼来，让朋友的诗兴也盎然起来。"秋意处处有，不知与谁共？""秋树秋花满山崖，秋愁秋思落你家。"同行的小妹嘲弄着朋友的阳春白雪。"你这是'闲上山来看野水，忽得山花入眼眉'。"我附和着他们。一路，我们被这满山的秋浸润着，诗意着，也舒坦着。

为了饱览一路的风景，我们的行车速度很慢，沿路的银杏在车窗外缓缓闪过，但还可观其全身。它高而挺拔，笔直的树干上，枝丫并不繁多。稀疏的杏叶淡黄，已随着时令落了大半。但这并不影响银杏树的整体美感。少部分的叶子仍高高地挂在树上，错落有致，淡雅、清爽而不腻人。偶有风过，还可听见轻轻的、叶片舞姿翩跹的声音。此时，她们正享受着久雨后的阳光深情的慰藉，秋风的撩拨，让她们更显得深情款款，温婉迷人。"好一树秀美的叶子。"我不禁赞叹。

当车停靠下来，我们便站在了阳光里。伸开双臂，任一缕缕的温暖穿透我们的身子，人顿时觉得新鲜了许多，也精神了许多。久违的阳光喜庆，但不张扬。眯着双眼，便可以瞧见阳光温柔的模样。轻轻地呼吸一下，清新的感觉就浸润全身，舒适、惬意。周遭的空气里，满是山花的味道，还有灌木的清香。远处，满山的一片芭茅，在阳光下显得飘逸、轻灵。一阵风过，它们的裙袂开始飞扬。满山的秋，就随着芭茅顺势荡漾开来。

站在风里，感觉是凉而清爽的。放眼山头，目之所及，层林尽染，色彩纷呈。绿的树，黄的叶，红的火棘，你不让我，我不让你，一色赶着一色，把秋一路绵延。眼里无边的秋，点染着心头悄然而生的绵绵情意，竟是那样的澄净，如天空的蔚蓝。天很高，南去的雁声轻轻掠过耳际，已然有影悄落心头，自生离别的悲切之感。于心，挥之不去，有一丝隐隐的忧伤悄然来袭。

"秋天很美，但略显凄凉。"我说。"自古逢秋悲寂寥，我言秋日胜春朝。"朋友调侃起我来，"你看，这满山的秋色，竟是让人如此地心旷神怡。当然，能善解其秋之悲，也享其秋之美，才是最高的境界。""是啊，人生价值几何，是人生态度所取。心生悲愁，或生喜庆，全凭自己作主。"我不得不认同朋友的说法。"受教了。去拥抱秋天吧！"

于是，在这个秋阳高照的日子里，我仿佛再一次成长在秋的季节。

梦醉凉风

当你为工作案牍劳形的时候，多想寻得一方清静之地，守得一轮日出，看阳光洒满大地；抑或披一身淡淡星光，静候一份闲情。那么，关坝镇凉风村，定是一个好去处。

乘着万盛"全域旅游""全民健身"战略的春风，如今的凉风村，正在全力打造"生态凉风行梦乡渔村"旅游品牌，努力建设重庆市乡村生态旅游示范点，并定于 2017 年 3 月 8 日正式开园。虽然一切建设还在进行中，可初具规模的凉风村，已然有一种生态田园的美，毫不客气地与你撞个满怀。

仅仅只是那个名字——"梦乡"，仅仅只是听到那些规划——一河、三区、四梦、十二景，整个人便可以悠然起来，便可以梦醉山乡、巡迹江南。满池怒放的荷花，满眼跳跃的鱼儿，满溪轻漾的水，满路洒落的笑，无一不在唤醒着你的神经，激荡着你的情怀，缓缓地来到你心上。此时，我真愿车慢行，让我能再多痴醉一时半会儿，任光阴虚度。

当车行进至凉风村内几百米处，我们忍不住停下车辆，站在路边向右望去，视线首先捕捉到一幢渔家楼房，两层，四排面，白墙青瓦，很是耀眼。"梦乡村"三个红色大字醒目地写在墙上。

楼房四面环水，水面开阔。水上修有长廊，一米多宽，直通水上小楼。长廊陈设栏杆，几米处便有一回廊，回廊上盆栽着各种花木。远远望去，那俨然就是自己寻觅多年的"梦里水乡"。"不要等春天的黄昏，现在就陪你到梦中的水乡。"我牵着友人的手，满心欢喜，仿佛有跃动音符做伴，沿着长廊，朝小楼奔去。别致的渔家小楼，独立在水中央，宛若一江上游轮，正扬帆起航。四面的风都可吹来，你也可以向四面观望，视线是绝对的毫无遮拦。听房主人说，明年春天，小楼右侧的山上将种上万株桃树。"桃树？那岂不是将会有桃花纷飞的盛景！"友人朝我一笑。"不久的将来，就在这水上楼台，可以赏桃花，观鱼游，享垂钓之乐，品水上风情。这将是一个多么惬意的地方！"我闭了眼，暗想及此，嘴角漾起一丝笑。明年春天，我一定再来。"没有太多缠绵的往事，只有眼前梦中的水乡。"我自言自语。友人看着我，满脸的不解。

沿着凉风村公路往里走，一路都可看到正忙于"梦乡渔村"建设的工人，听到机器"嗒嗒嗒嗒"的声音，好一派繁忙景象。我们常常停下来，注视着他们，深情祝愿"梦乡渔村"早日与我们见面。

当我们继续往前走，到一山脚处，右侧可见一条两三米宽的小溪，有清澈的水流出。这是凉风村还未开发打造的地方。同行的社长说，这里将修一个湖，湖里的水就来自这条小溪。以后凉风村的田园用水就从这湖里引去。听社长这么一说，我们禁不住对眼前的这条小溪充满敬意。朝这条小溪前头望去，很长，看不到尽头。溪里有乱石，溪流绕过乱石，缓缓向前流淌。我们沿着

溪边一小道依溪而行，常常可以听到有水碰击乱石的声音，清脆而干净。溪边长满了芦苇、野草和芭茅。芭茅花开，秋色尽染。看那些乳白色的花絮被山风轻吻，整片芭茅便矜持地微漾起来。野草都枯黄了，但很丰茂，人走在里面，可以没过膝盖。此时，正好有阳光照来，我们的眼里顿时闪耀一片金黄，美得不可名状。当行至约两公里的地方，前面没有路了，大家都停了下来。此处溪面开阔，水流轻缓，各种大石横于溪中，人踩在上面，稳稳当当。大家都以不同的姿势与这些溪里的乱石亲近。或站，或坐，或靠，不经意间都成了一道风景。细听，有山风吹过的声音，也有鸟语掠过耳际。回头向来时的路望去，夕阳正好落到山顶。只见旁边迂回的溪道中，水面泛着微光，衬着几株野草，粼粼生动……

"看惯了大城市的华丽，这山野之美，真是让我欢喜，也如此地让我陶醉，换取了我心灵的澄净……"不知是谁在感叹，却也说出了所有人的心声。

今天的凉风村，虽还未开发打造完成，但这个简单而朴实的山水相依的乡村，已让我醉了一回。

芦花湖之恋

　　初夏的雨，总是淅淅沥沥的。与朋友相约，重游去过多次的龙鳞石海（原名万盛石林）。踏上那条熟悉的路，心情依然愉悦而温馨。充满期许的我，只因对芦花湖深深的眷恋——我为你而来。

　　拾级而上，时断时续的小雨，更是让心中平添几分惬意。朋友们随导游慢行，我却有些迫不及待。近了，近了，心跳蓦地加速起来，仿佛快见到久违的恋人，一种紧张与惊喜在心头跳跃。我屏住呼吸的瞬间，芦花湖已入得眼来。

　　芦花湖，其实是一个人工湖，水深约 5 米，湖面面积约 19 亩。据居住此地的苗族同胞讲，因这里曾经有很多芦竹，湖泊建成后，就取其名为芦花湖。遥想当年，在这座石头山上人工建成这么大的湖，艰辛可想而知。看着眼前的芦花湖，内心油然多出几分敬意。此时的芦花湖，依旧开阔的湖面，微波轻漾，规律的水痕次第铺展开来。鳄鱼石静静地立于湖中央，守护着这里一湖碧水。应和着鳄鱼石，芦花湖绽放着她悠然淡定的美。湖面时断时续飘来的香甜气息，总是让人想将它轻揽入怀，拥为己有。无兰，却兰香轻送；无花，却花香四溢。我仿佛有些醉倒在这种气息里了。

　　此时，雨雾轻拢而来，为芦花湖披上一层薄薄的纱衣，这让它更显得神秘而温婉。水雾中的芦花湖时隐时现，她时而如含羞少女，犹抱琵琶半遮面；时而如山野村姑，洋洋洒洒步履轻盈；时而如舞动的精灵，倏地一下便不知踪影；时而如沉默的钓者，安然静谧凝视远方……这种境界，不知还有谁能体悟，与我分享？我感谢上苍，感谢上苍赐予我能再次看到芦花湖的机会；感谢上苍让我独享芦花湖的神秘魅力。芦花湖，芦花湖，我轻轻地呼唤着这来自花间的熟悉的名字，一个动听的名字。

初夏的雨季里，偶有寒气来袭，我轻拢风衣，慢随心中的呼唤，撑着小雨伞，踏着红木地板，手扶精巧的栏杆，沿湖岸悠哉慢行，独自享受着芦花湖带给我的一份快慰，或是一份优雅。湖中央，细雨飘飘洒洒，似烟，似雾，轻逸曼流，朦胧神秘。"烟笼寒水月笼沙"，我不禁想到这诗，这不正是杜牧的秦淮情结？只是这不是夜晚，没有清月朗照罢。岸边杨柳吐蕊，新枝初绽。低垂的柳枝并排而下，形成一幅幅天然的珠帘，我知道，这就是芦花湖的一帘幽梦——芦花湖的梦。偶有风过，柳枝轻拂，似在与芦花湖更为亲近地窃窃私语。我有些羡慕起这些柳枝来。"真想做一棵水草，可以长年生活在你的怀抱；或做一树柳枝，以慰平日的相思……"看着眼前的芦花湖，我喃喃自语。

"别醉了，走吧！"晚到的朋友轻唤，打破了我的遐思。我慢挪脚步，我得走了，我能对你说点什么呢？我爱恋的芦花湖，我只想轻轻为你歌唱：悄悄地，我走了，正如我悄悄地来——

我以为我已走远

却未想到

一年后的再次相见

依然让我梦萦魂牵

你轻波微漾

只要微风轻送

你更是脱俗得让人惊艳

你说

岸边的杨柳新枝

是你生命的风帆

日月轮回

见证你们亘古不变的

心手相连

我说

那我就做一棵水草

时刻活在你的心间

与你朝夕相伴

我知道

我已无法走远

些许日子的别离

我就会听见自己心灵的召唤……

夜下，我枕着芦花湖的名字入眠。梦里，芦花湖又重临于眼前……

盛夏的黄昏，我走进黑山

　　我有幸住在万盛小城，每到盛夏之时，酷热的天气总是让人难以忍受。即使到了黄昏时分，暑气也依旧不减。看三三两两去公园纳凉的人，总是带着毛巾、蒲扇之类。于是，心中臆想，要是有一处天然清凉之地，让我能坐拥黄昏，该多好！

　　正想着，有来电。朋友说，上黑山乘凉去。黑山，可谓万盛的天然氧吧，海拔一千多米，目之所及绿意横生，走近她，会给你送来一阵清凉。不正是这酷热夏日消暑的好去处？于是我欣然应允。

　　坐在车里，热浪袭人。朋友打开空调，暑意稍减，但依旧闷热。车顺着黑山盘旋的公路直上，随着一个一个的"之"字形弯道留在我们身后，暑气好像也渐行渐远。当车行到去黑山的一半路途时，朋友说，这个高度，应该有凉风了。果然，风在打开车窗的第一时间就跑了进来。"哇，真舒服！"我情不自禁地惊呼。此时的风是凉中带柔的。我伸出手去，和它们亲密接触，一阵阵的凉意瞬间从指缝间穿越，一种无比的快慰已跃然心头。

　　车继续盘旋，越往上走，风就越大，凉意也就越来越浓。一路所见的行人渐渐多了起来，他们或两个人一道，或三五个人一

群，悠哉游哉地在公路上漫步。他们有时停下眺望远山，有时说上几句笑话，有时甚至像孩童般追逐嬉戏。那些快慰，不言而喻。很显然，朋友对黑山的情况比我熟悉。朋友说，一路所见的那些老人家，多数来自万盛城区，另外还有不少从重庆主城远道而来，他们是专程来黑山长住消夏的。或一月，或两月，有的甚至从当年劳动节一直住到国庆节，刚好避开暑气。是啊，漫长的暑期，找一个适合度假的地方，不正是现代都市人所向往的吗？我说，过几天，我也来黑山住上一两周，正好让自己浮躁的心得以宁静。朋友笑了，说，是个好主意。

车行不久，到了一个十字路口，天黑，也不知其名。只是见好几辆车停靠路旁，一些游客都以自己喜欢且自由的姿势或站或坐或蹲，悠闲地享受凉风。朋友说，这里的风很大，是个风口，在这里可以真正感受来自黑山各个方向的风。"我们也下吧，去感受一下。"我说。刚一下车，一阵凉风扑面而来，我接着一个趔趄，险些没站稳。"好大的风！好不含蓄！"我暗暗称奇。却也欣喜于一份难得的舒畅。

我们也和其他人一样，站到了路边，开始享受黑山之风。我张开双臂，想让风穿透我的每一寸肌肤，吹散我内心所有的浮躁。这样的风里，完全没有一丝热度，是天然的、质朴的、纯粹的清凉，甚至有些浸透心脾。迎着风，我仰望满天繁星，月光的清晖正温婉地洒向大地，给夜的黑山涂上了一层神秘的色彩，更增添了黑山独特的夜色魅力。大家都静静地站着，谁也没说话，仿佛谁都会感觉自己任何的声音在这样的时间与空间出现，都显得浅薄与乏味，都对周遭是一种污染。只有静静站在风里，才能与这

样的夜融为一体，才能享受黑山夜的静谧与清凉，才能算一个真正读懂、真正走进黑山的人。或许，我们每个人什么都没有想，或许我们每一个人都在想着同一句话："上帝造就了一个天堂，为何还要造就这样一个黑山？"

夜是静的，我们也是静的，只有黑山的风一次次掠过耳际。

春到五和梨花开

　　春天来了，几阵春风春雨潇潇洒洒过去，春阳便缓缓地照来，暖了一冬的树儿、草儿以及田野里的青青禾苗。当一切都醒了过来，春分不到，各种花儿便竞相开放了。

　　驱车往青山方向走，刚转过几个弯，便看到几座雪白的山头直晃你的眼。如果不是室外温暖的二十多度气温，很难不让人想象这是青山为雪白了头，殊不知却是成片的梨花装扮了青山。在万盛经开区万东镇五和村，一万五千亩梨花正轻轻悄悄地等你遇见。

　　东风夜放花千树，俏在丛深一笑中。一切都是最好的开始。五和村的梨花山，不高，温柔恬静，圆润饱满，长势很有规律。它们绵延起伏，一座挨着一座。山上的梨树一棵挨着一棵，树上的梨花一朵挨着一朵，一丛丛，一簇簇，密密匝匝。仔细瞧去，花枝似画，花瓣似雪，花香似酒。好一个"白锦无纹香烂漫，玉树琼葩堆雪。"小黑豆般的花蕊点缀其中，似巧笑倩兮，美目盼兮。不经意间，竟给予你几分爱怜之意。几处散落在花丛中的人家，炊烟袅袅升起，才知是未错过人间美景。

　　蜜蜂终是花儿的信使，它们成群结队地来，三三两两地去，

从这朵花到那朵花，交头接耳，嗡嗡不息。蝴蝶双双而至，它们在花丛中追逐、嬉戏，被人戏谑为梁山伯与祝英台的造访，于是，整座山也就浪漫起来。

人们最喜欢在五和村的梨花开得繁盛之时上山赏花。来者大多是爱花之人，满山遍野的人，沿着山间纵横交错的水泥便道，优哉游哉看满山梨树开花，选择最爱的那棵，合个影，或嗅着那或浓或淡的香甜味道，让自己笑在脸上，醉在心中，遥想美好时光。那些摄影家们，不知疲倦地从这个山头到那个山头，从远到近，从近到远，选择最好的角度，最好的视线定格梨花之美。最安静的还是那些画家，支上画架，一站就是几小时，累了，席地而坐便好。时间总是会回馈他们，看似寥寥几笔，你即可看到画上的那些花儿，带着盈盈笑意，默默不语，错落的枝条纹理清晰，浓淡相宜。几只蜜蜂和蝴蝶刚好落在那静默的花朵上，呼之欲出。远山、田野、村落，恰到好处地组合成一幅梨园风情水墨画。

在五和村梨园，京剧团的精彩表演是必不可少的。那些跌宕起伏的声调，慷慨激昂的情感，华丽的服装造型，为这个养在深山之中的小山村带来无限风情，增添了不少艺术魅力。"祝家庄访英台，我心欢喜，同窗竟会成连理……""恼恨奸贼太猖狂，私通北国害忠良……"《忆十八》《三岔口》等京剧选段唱腔正起，经典国粹的味道在空气中弥漫，和着满山梨花，飞出山外很远。

"寻常百种花齐发，偏摘梨花与白人。"是的，人世间纵有百媚千红，我独爱你那一种。放眼望去，雪白的梨花，在阳光下熠熠生辉。偶有风来，花瓣飘飘洒洒，灵动飞扬，激起一世的情缘，种下最美的思念。"花间一壶酒，独酌无相亲。"此时，最好有一壶好酒，不学太白独饮，不需要月亮作陪，邀上几位熟识或不熟识的赏花人，在梨花树下品酒论诗，看红尘招摇，听梨花细语，却也换得半世逍遥。

美好的时光总是过得很快，在五和村，一会儿便是一上午。累了，饿了，不急，在五和村，可以随便走进一处农家，喊一声"老板，吃饭"，马上就有热情的主人迎上来。不大一会儿工夫，还带着乡土气息的农家菜就摆上了桌。熏香的腊肉，新挖的折耳根，刚从土里摘下的大白菜，炒南瓜花，炖腊猪蹄，活水豆花……你想吃啥都应有尽有。在五和村，还有特制的一道菜品——梨花烙。用刚采下的梨花经清水洗净，浸泡二十分钟，去苦涩味，然后和腊猪肉馅、糯米面及适量盐放在一起揉均匀，文火煎两面黄即可。这梨花烙入口酥软，清香扑鼻，让人爱不释手。

落尽梨花春又了，春已到，五和村的梨花已开，收拾行装，走，赏梨花去。

山顶上的柑橘林

5 月，阳光甚好。

受主人邀请，我们一行人走进丛林镇绿水村小竹林社的香薇园，此处距万盛城区十五公里左右。香薇园，其实与"薇"无关，既无落叶小乔木的紫薇，又无花香沁脾的蔷薇，但有两百多亩的柑橘树。站在主人一千多平方米、别墅似的小楼前，一大片柑橘林尽收眼底。

此时，一棵棵一人多高的柑橘树上，已挂满了小指头一般大小的果。迎着山里的清风，这片柑橘林荡漾着层层绿波，在阳光下欢笑。

我们为与这一片柑橘林相遇颇感心情舒畅。

柑橘林的主人姓蔡，名志华，一名生于 1973 年的中年男子，属牛，瘦高却显结实的身板，脸上总挂着笑。我们笑他，你有牛一样敦厚朴实的气质。他连忙说对，大家都说他像一头老实牛，特别能吃苦耐劳。说完，他又笑了。

其实，正因为他的这份朴实，才有二十年来对这片果林的坚守，才有今天柑橘盛产热销的成就。说到曾经因缺少资金，几度陷入困境，易地、转让、收回柑橘林的种种艰辛；说到自己最初不懂种植技术，到处拜师学艺还处处碰壁时，他并没有过于沉重的感慨。倒是当他说到这片柑橘林，脸上总是情不自禁露出一种自豪感。他说，今年，柑橘林预计产量近三十万斤，收入将有一百多万元，可以还清所有的债务了。说罢，又露出一种纯朴的笑，笑里满是快乐和知足。

时近黄昏，阳光变得柔和起来，天空更加清透明净。蔡志华要带我们去柑橘林走走。

柑橘林里，一米多宽的水泥路纵横交错，干净而平整。蔡志华告诉我们，这些路都是享受国家支持乡镇微型企业发展的好政策，政府免费为他们修的。现在无论是他们劳作还是客人游赏，都不会弄得满脚是泥。同时，政府还出资为他们在山顶修了蓄水池，用水也不用愁了。

在一棵柑橘树旁，我们看到一个粗壮的树桩上长出很多新枝和绿叶，这树桩和树枝明显不像是同一棵树而生。蔡志华说，这是嫁接的品种。接着，他便头头是道地给我们讲解起柑橘的嫁接以及种植技术，俨然一名果艺专家。他说，现在柑橘长势良好，再过几天就要开始第一次疏果。一季的柑橘，要在不同的时间经过三次疏果，每一次要把品相不好的、结得太密集的果子疏掉，留下品相好的、长势好的，这样才会有好收成。

他还告诉我们，香薇园的柑橘经过嫁接改良，已有"不知火（丑柑）""春见（耙耙柑）""青见""椪柑""血脐"等十多个优良品种，可以满足不同客人的需求。因为他们的柑橘味道纯正，每年收获季节，上山采摘的客人络绎不绝，柑橘供不应求。

同行的朋友问："你坚持种了近二十年，苦不苦？"

　　蔡志华顿了顿，说："再苦的日子都熬过来了。现在想到黄澄澄的柑橘挂满枝头，看到那么多人上山来采摘，听到大家都说好吃，就不苦了。"说完，他看着大家又笑了。

　　看着满山泛着绿意的柑橘林，我仿佛看到了漫山遍野的金黄果子挂满枝头。蔡志华正携着妻子、女儿，站在山顶，满眼带笑，幸福而甜蜜。

老街印象

夜幕降临，华灯初上，万盛的夜在周遭一点一点亮起的灯火中拉开帷幕。走在万盛老街闪烁的霓虹灯下，脚步可以很慢，慢慢与老街缱绻，与老街两旁的那些错落有致的古式楼阁，贴近心房，遥想一个故事或是翻开一些记忆。老街的戏台上，川剧变脸艺人大手一挥，便换得一个新的脸庞，引来台下观众的连声叫好。茶馆里坐满了茶客，说书人正一脸正气，慷慨激昂地述说着老街的前尘往事。老街的石板路四通八达，一条小水流，依偎在石板路旁，轻缓的流水静静地流淌，串联着老街的每一个角落，祝福着每一个老街人的幸福人生。

老街的前世今生

万盛老街又名"万盛场"，始建于清咸丰元年，于19世纪中叶繁荣兴盛。老街四周毗邻万东北路、勤俭路和万新路，街区由

香炉巷、荣懿巷、炭花巷、万寿巷、石缸巷五巷交错排列组成，是万盛历史脉络的核心起源，更是一个以城市传统文化为核心的休闲体验型老街夜市。

万盛老街经过百年沧桑，那些楼台飞檐，房梁橡柱，层楼叠榭，厚实柱础，在夕阳中但见斑驳。为留住老街记忆，在2009年，万盛老街进行了为期八年的原址重建。重建后的老街，在保持了原有建筑特点与风貌的基础上，注入了新时代的建筑元素。那些炫目的灯饰，逼真的雕塑，鲜亮的花草，古典的音乐喷泉，合奏着一曲老街新的乐章。经过升级改造，万盛老街已形成一个集文化、旅游、休闲、购物、娱乐、餐饮于一体的旅游商业综合体。看到那些层次分明的房屋，在熟悉的茶馆服务生的吆喝声中，老街的记忆就会重临于眼前，它昔日的繁华光景，依然恍如昨天。

万盛老街，曾用名万盛场。万盛场在1955年成立重庆市南桐矿区（现名万盛经开区）以前，是当时的南川县万盛镇镇公所所在地；在清乾隆中期，万盛还未形成集市前叫东乡坝。东乡坝四面皆山，山顶平均海拔650米，东北面椅子林最高海拔1033米；中间为山间平坝，平均海拔340米。孝子河从北面山谷中奔流而来，由北向南沿着东乡坝西面山麓流到坝子中部，与从腰子口方向流来的清溪河汇合后折向西去，经二郎峡出境。孝子河在东乡坝内流经长度约九公里。除了万盛场与东乡坝，万盛老街还曾用过万寿场、石鹅场、荣懿县（寨、镇）、甑子上（镇子上）、火把场等名称。这些特别的名字，见证着万盛老街的几度变迁，每一个都是万盛历史的深刻记忆。

传统文化哺育的老街庙会

庙会，又称"庙市"或"节场"。是中国民间宗教及岁时风俗，一般在农历新年、元宵节、二月二龙抬头等节日举行。也是中国集市贸易形式之一，其形成与发展和地庙的宗教活动有关，在寺庙的节日或规定的日期举行，多设在庙内及其附近。

万盛老街，是万盛人流连忘返时间最多的地方，也是万盛人最有记忆的地方。原址重建后，新建的戏台等为老百姓的文化展演提供了更多的舞台。自2017年起，万盛每年的庙会便在老街举行。庙会以新春文化活动为主，以"一场典礼、两个会议、三类文化、四种味道"为主线贯穿整个活动。庙会当天会呈现民俗表演、戏曲演艺、相声、故事、体育健身、灯谜、春联、祈福、采购年货、文化交流、休闲娱乐等，现场欢笑声不断！万盛的国家非物质文化遗产——金桥吹打，以及国粹传承——川剧变脸，每年都会在庙会期间精彩演出。不管是吹打还是变脸，都是由万盛本地的演员演出。他们或是七十多岁的老人，或是十来岁的娃娃，他们的表演都追求完美，追求艺术的精湛。他们把中国传统文化一丝不苟地谨慎解读。

庙会活动期间，游客们漫步在充满怀旧色彩的老街，流连于琳琅满目的年货摊前，购自己所需，选自己所爱。走得累了，坐下来，喝一杯老茶，看一会儿京剧表演，赏一场城市海选秀，品一次厨艺比拼，听一段相声抑或一个老街故事，又或是去猜几个灯谜，获几幅春联，还可以去参加千人宴会，和所有人一起狂欢。在老街赶一场庙会，心是热的，情是深的，脚步是慢的，脸上是带着笑容的。

在万盛老街赶庙会，一不小心就会碰到熟人，或是邻居，或是同事，甚至是老家的亲朋好友。相遇了，是缘分。手拉着手，往旁边的老茶馆一坐，一声"服务员上茶"，在万盛特制的茶叶——滴翠剑茗袅袅的茶香中，两个人开始了美好的回忆，或是对新一年的向往与祝福。那时不时传出的笑声，是两个人相遇的最美时光。

万盛老街，是一个可以静下来慢慢品尝时光的好地方。

老街里挥不走的影像

岁月不居，时节如流。在万盛老街，曾经的老茶馆、葱油饼店、包印酒家、粮店、红梅相馆、理发店、修鞋铺、扣子铺等等都是万盛的生活记忆。还有好些让孩子们幸福了整个童年的冰糖葫芦、豆腐脑儿、千层饼、红豆糕、棉花糖……甚至是光着膀子在熊熊燃烧的火炉旁挥动铁锤的打铁匠，这些或快或慢的影像在时光中渐行渐远，却永远留在了大家的记忆深处。

一座城市的历史积淀是一座城市的灵魂，而古老的建筑，则是历史积淀的一个重要组成部分。在万盛老街，大夫第、万寿宫等建筑，就给万盛人留下了难以磨灭的城市记忆。大夫第，曾是万盛场较为有名、规模宏大的邓氏家族祠宇。大夫第整体建筑，建造在一条中轴线上，分前、中、后三厅和附属建筑四部分，中间是天井，两边是六间两层耳房（亦称厢房）。整体结构为穿斗与抬梁式混合木结构，具有清代建筑风格。它设计别致，布局精美。白墙青瓦，房梁椽柱雕龙刻凤，栩栩如生，气势庄严肃穆。而万寿宫，则是元末明初、明末清初，随湖广填四川的大浪潮，引进来的来自湖、广等地的各姓人士，便于同乡同行集会建立的江西会馆，即万寿宫。万寿宫曾是中国共产党早期革命活动的地方，在这里，培育过几十个革命人士。

印刷术是中国四大发明之一，而在万盛早年经济较为落后的年代，是没有印刷业这门技术的。在民国36年（1947年），有一对南川夫妇来到万盛老街的上场，雇用懂石印技术的唐天平等人，开设了万盛第一家石印铺，取名"道不同"。这家"道不同"开启了万盛印刷业的先河。第二年，唐天平又在老街下场开设一家石印店，取名"太平印刷社"。从此，万盛人在万盛老街的上场或下场，就可以拥有印刷品物件，印刷业也就在万盛老街安家落户了。

如今，电子打印都已遍布市场，在万盛老街，再也找不到曾经的"道不同"与"太平印刷社"，但从万盛老街走出去的印刷记忆，却永远被定格在时光机里。

万盛老街，承载着一百多年的历史变迁，老街老城，以勤劳质朴的城市情怀，浸染着万盛儿女的乡音乡情，朝着新时代的美好前景，奔去，不回头。

炭花古道

　　万盛是旅游之城、运动之城，星罗棋布的柏油公路遍布城乡，千里健身步道出门即是。而在万盛的大山之中，还遗存着一些鲜为人知的古道：道路是用较为均匀的青石或砂石铺成，一级一级往上，每一级 10~20 公分。这些石板经年失修，却依然牢实，且光滑而平整。尽管大山中已少有人走这些路，但石板的光滑程度明显地印证着它的古老的岁月。这些古道，有的从山脚几公里到山顶，再从山顶到山脚；有的要在山间蜿蜒盘旋好几公里，才延伸出去。这些大山之中的古道，被称为炭花古道。

　　炭花古道，即为古时人力运送炭花行走的道路。而炭花为何物？据《綦江县志》记载，道光二十二年，即 1842 年，"焦炭窑，万盛场人专业，用油煤煅成碎个儿，无烟耐燃，俗称炭花"。炭花，就是焦炭。挖出的烟煤经过燃烧、干燥、热解、黏结、固化，最终制成半成品焦煤，即炭花。炭花是重要的工业原材料，主要用于高炉炼铁和铜、铅、钛等有色金属的鼓风炉冶炼。炭花对于当时整个重庆及其他地方工业的发展起着举足轻重的作用。而万盛在二十世纪三十年代末四十年代初，没有铁路运输，交通极其不便。万盛生产的炭花要运出去，除了孝子河水运外，只能靠人

力背或一挑一挑地往外运到綦江蒲河高坎子码头，然后装船运往重庆、巴县、泸州等地。而在当时，万盛老百姓大多数就靠背炭花换点苞谷、谷子及少量的钱以维持生计。

在万盛，这样的炭花古道有四条，分别在南桐镇民权村、青年镇更鼓村、南桐镇沙坝村（六十一步炭花古道）、南桐镇温塘村，这四条古道最后都通往綦江蒲河高坎子码头。早在清末民初，在万盛场、桃子荡（凼）、犹官坝、胡家嘴一带就有许多小煤窑，这些小煤窑生产出来的炭花，都是通过綦江蒲河码头船运出去。

六十一步炭花古道，是至今保存最为完整的一条。它位于南桐镇沙坝村新田湾社，全长十多公里。而六十一步，是指上山翻过浸口梁子，到綦江石角最陡峭的一段路上用石板铺成的六十一步拾级古道。这段路陡峭难走，坡度达六十度倾斜之多，两边山林幽深，翠竹掩映，一千多年前的十来穴崖墓（蛮子洞）就分布在路的两旁。从山脚沿着这条古道拾级而上，你会发现多处地方有深浅不一、大小不均的小圆凼，有的地方密集，有的地方稀疏。这些小圆凼，就是背炭花的人用背杵（当地人称拐耙子）立在石板上歇气留下的。这么多的小圆凼，这么深的小圆凼，得歇多少回，得用背杵杵多少次才会形成？看着这些小圆凼，我似乎又看到一群低着头、背负着沉重炭花的人，正走在这条炭花古道上，迈着艰难的步子，一步一步向上，再向上。他们从我身边经过，汗水湿透了他们的衣襟，背筐装满炭花，无情地压在他们背肩上，他们的眼里充满疲惫，双腿却注满坚强。他们知道，他们背着一家人的柴米油盐，背着明天，背着孩子的成长与未来……

据一位八十多岁的老人介绍，当时当地老百姓背炭花，大人

小孩子都上阵，小孩子一般要背十多公斤，大人一般背四五十公斤，而力气好的壮年男子，要背（挑）一百多公斤。老人说，他们父子俩都是靠背炭花过来的。他说背炭花又苦又累，穷人们在过去却只有以此为生。他那时小，跟着父亲跑，背一次炭花可换得糙米三四合（容量单位）或大盐二三两。父亲体力好，一次能背一百公斤。为了多挣点钱，有时一天来回要跑两趟，跑得两眼摸黑。有时候为了能背到炭花，半夜两三点钟就得去等候。后来累病了，吐血，就这样一病不起。他说，那时背炭花像他父亲那样，累病的、死的、摔伤的穷苦人不计其数。

听着老人的讲述，一股涩涩的滋味涌上心头。这些炭花古道深藏于大山之中，现在已是少为人知，但生活所凝结成的历史，所包含的老百姓曾经的辛劳与苦楚，都在这些古道上肆意彰显。而古道上的那些小圆凼，像一道道深邃的目光，见证着新旧时代的更替以及人世间时时事事的变迁，同时也成为我们追寻历史的一处处生动而别样的风景。

大山深处，古道无言，静默着向远处延伸……

三月，我走进潼南

三月，桃李争艳的时节，我们相约去看潼南的油菜花。

驱车走进崇龛镇，一辆旅游大巴车把我们载到了油菜花的集聚地——陈抟故里。

下得车来，周围已是人山人海。三万亩金灿灿的油菜花齐刷刷地向我们袭来，我们有些猝不及防。金黄的油菜花哦，诱惑着我的脚步。我真想扑上去，将它们轻揽入怀。

我闻到了熟悉的味道。很浓郁，从鼻尖掠过。我张开双臂，闭目深吸。好不吝啬的花香，我刚一招呼，它们便蜂拥而至。这香是有穿透力的！正好有清风拂来，让衣袂飘飞，花香趁机穿过我的衣衫，进入肌肤、骨节，于是我的全身便浸满香氛。我站立许久不去，那缕清风便开始不解风情。我蓦地明白，这正是，春风不识，应笑我，独怜一份花香。

一米多宽的水泥路交错于遍布的油菜花之间，它似乎在告诉我们，沿着这些路，就可以拥抱一个花的世界。于是我用女子的温婉顺从了这无言的告白。

那是怎样的一个世界哦！放眼望去，一大片一大片的金黄，灿烂得让你炫目。数不清的金色花枝上，四片花叶皆如宣纸般柔韧，护拥着六枚纤弱的花蕊。它们笔直着身姿，高擎于枝头，与阳光媲美，与春风嬉戏。蜜蜂飞来，蝴蝶飞来，嗅嗅这朵，吻吻那朵，每一朵都是它们爱的红颜。它们盘旋于花丛中，所有的流连忘返，都为这片静静的黄色世界注入了生命的另一种色彩。道路两旁那些出售的花蜜，便是蜂与花儿一往情深的生命赞歌，我们尝在舌尖上的甜，终是它们曾经的缱绻！

琼江河横穿崇龛镇，慢流于上万亩花田之间。

坐船慢行于琼江水上，我没有说话，只任两岸的油菜花在我眼里留下一个又一个俏丽的身影。江水是静的，油菜花是静的，我也是静的。一头水牛站在岸边的田埂上，低着头，啃食青草，吃得香甜而陶醉。几棵光秃秃的老树长在一旁，衬着身后的大片金黄，它的枝干显得干净、别致。一只大黄狗，卧躺在油菜花旁，想着心事。蓝天下，这大片的油菜花是否与它们无关，我终是说不太好，只知道这是一幅让人难以泼墨的山水画卷。

随着同行的友人，我们上得一处观景台，那是潼南观赏油菜花海的最佳位置——陈抟山。山上塑有陈抟老祖的铜像，高36.9米。我们都朝这位太极文化的创始人打躬作揖，对他致以最诚挚的敬意。站在陈抟老祖塑像下的观景台上，三万亩油菜花田尽收眼底，硕大的太极和八卦阵花形图，在花田中央清晰可见。琼江水绕着金色花田，逶迤而行。花田间，纵横的阡陌上，游人如织。或拍照留影，或摄影取景，或贪闻花香，我们虽在高处，偶尔还隐约听闻浅笑声。真好！我不禁赞叹。看得呆了，我又想起那头牛，那条狗，以及那几棵老树。我回头朝身后的陈抟老祖像望去，他一手托着太极盘，一手作揖，双目炯炯有神，注视远方。这位

道文化的传奇人物，似在深思，又似在微笑。看着如今繁荣富强的潼南，我想，这位老祖也该欣慰了吧。

下得山来，已是暮色四起。我们沿河往回走，只见两岸的花影倒映在琼江水里，半江花色半江天的奇丽景象，已让我们看得如痴如醉了。

三月的潼南，走进去，便不想出来。

鸣沙山·月牙泉

一

　　茫茫沙漠，驼铃声抑扬分明，八月的太阳灼灼地照在沙山上，泛着金色的光芒。游客们坐上高大的骆驼，上千只骆驼整齐地走着，慢慢悠悠，在沙漠之上形成颇为壮观的骆驼队。一弯新月似的清泉，静静地躺在沙山的怀抱，长年不竭。一阵风过，微波轻起，煞是生动。

　　这就是甘肃省鸣沙山·月牙泉风景区。

　　鸣沙山·月牙泉，在敦煌城南5公里处，是丝绸之路上神奇瑰丽的甘肃旅游景点，由鸣沙山和月牙泉两个景点组成。鸣沙山和月牙泉，是敦煌大漠戈壁中的一对孪生姐妹。"山以灵而故鸣，水以神而益秀"，说的就是她们。走进敦煌，鸣沙山·月牙泉，是必去之处。

二

夜宿敦煌城，早上驱车十多分钟，便到达鸣沙山·月牙泉景区。才八点多钟，售票处已是人头攒动。团队购票和散客购票分别设有窗口，我们购票还算顺利。进得大门，便见成百上千只骆驼静卧在沙地上。远处茫茫的沙山，已有长长的骆驼队行于其间。"叮当叮当"的驼铃声不时传进耳鼓，我竟有些痴了，一下子似乎穿越到远古时代，跟随着中国丝绸之路上的商队，沿着金色的沙漠，留下身后一串串或深或浅的脚印。"走，坐骆驼去。"同行的友人说。我从恍惚中醒来，再去购得坐骆驼的票，大家便随着赶骆驼的人，出去了。

赶骆驼的人根据我们手中票上的数字，对号骆驼坐上去（每只骆驼都有编号），他们每人负责四五只骆驼，连成一小队，待一小队的游客都坐稳了，赶骆驼的人便"嗷嗷"地叫两声，骆驼们便相继起身。赶骆驼的人牵着绳子走在前面，骆驼队便出发了。这是我第一次坐骆驼，心里自然有些兴奋，不时转动身子东张西望。但宽宽的骆驼背还是让人坐得很稳，再说骆驼行走缓慢，完全没有摔下来的担忧。一个接一个的骆驼小队很快走在了一起，自然连接成长长的骆驼队。不多一会儿，便走上了沙山之上。

坐在骆驼背上，放眼望去，尽是金色的沙丘。想想平时在电视里见过一队队骆驼驮着沉重的货物，步履艰难地走在沙漠里，那是一种苍凉而悲壮的感觉。骆驼们的步子是慢的，我总是想，它们何时才能走出茫茫的沙漠。而今天的骆驼，它们没有驮货物，而是一个个的游人，他们驮走一批游人又将驮第二批、第三批。赶骆驼的人告诉我，他们这里约有一千多只骆驼，每只骆驼每天得行二十多趟。二十多趟？是啊，这些骆驼从早到晚地来回走，一趟虽不长，约一公里多的路程，但二十多趟啊，这么大的太阳，它们何时才能把一天的二十多趟走完？听旁的人说，已有骆驼累得趴下了。我回头看身后的那只骆驼，它毫无表情，我盯着它看了好一会儿，感觉它才用余光瞟了我一下，眼里仿佛多有埋怨。我的心猛地被刺痛了一下，原来，它们也不是那么心甘情愿的。比起两汉时期以来的骆驼，天天奔行于沙漠之上的漫漫丝绸路，它们应该是压抑而苦闷的。毕竟那时走过的路，人们还给它们一个好听的名字。而今天走过的路，我们还可以叫它什么？旁边又走过一支骆驼队，我看着它们，它们依然毫无表情，只顾着默默地行走，眼里只有满地的黄沙！

三

敦煌鸣沙山，长约两白半方公里，东起莫高窟崖顶，西接党河水库，整个山体由细米粒状黄沙积聚而成。沙粒有红、黄、蓝、白、黑五种颜色，晶莹透亮，一尘不染。沙山沙峰起伏，金光灿灿，宛如一座座金山。在阳光下一道道沙脊呈波纹状，黄涛翻滚，明暗相间，别有一番气魄与风味。

在鸣沙山，赤脚爬上山顶，是每一个到鸣沙山的人想做的事。于是，下了骆驼，脱了鞋，欢跳着向着那片沙山跑去。

站在细如绸缎的沙粒里，仿佛置身于茫茫的金色大海之中，童年的快慰顿时浮上心头。抬头一看，从山脚到山顶，到处人影晃动。不管老的少的，男的女的，都脱了鞋，向着山顶爬去。我最关注那些爬在半山腰的人。他们有的正席地而休，有的手脚并用。看似累得不轻，但脸上都满带笑意。其实，在沙地里行走，走一步退半步的道理人人都明白，所以，似乎每个人都做好了花上一番力气的准备。尽管得多歇上几回，但每个人终是在往上。我也拼足了力气，在使完双手双脚力气之际，我终于爬上了最近的山头。

站在山上，风很大，吹得人有些站立不稳。山头之外还是一座又一座金色的沙山，有的高，有的低。这些高低不等的沙山，有的弯弯相连，有的高高耸起，有的长长而卧，有的丘丘相连……我真惊叹于大自然的鬼斧神工，天下谁人堪比？

在鸣沙山，"沙因风而动，山因风而响"的传说一直吸引着八方游客。《旧唐书·地理志》中曾载有鸣沙山"天气晴朗时，沙鸣闻于城内"之说。或许记载有些夸张，但沙鸣一定存在。站在沙丘上，放眼茫茫沙海，耳边似乎有鸣声随之而起，初如丝竹管弦，继若钟磬和鸣，进而金鼓齐喑，轰鸣不绝于耳。能听到如此神奇的乐章，得有多大的福气？信于记载，我匍匐在沙地上，把耳紧贴于沙面，希望能听到那些非比寻常的声音。风吹过耳际的呼呼作响倒也动听，但沙粒的轰鸣或是轻风拂沙之管弦丝竹之美却无缘得以听到。我想，是不是传说中的那位汉代的将军率领的大军，

与夜间偷袭的敌军已两相和好，早化干戈为玉帛了呢？又或是我无音乐造诣，无缘听到如此神奇的天籁之音？

四

站在鸣沙山顶，可以看到千年不竭的月牙泉全貌。

月牙泉被鸣沙山环抱，长约一百五十米，宽约五十米，平均水深三米，因其水面酷似一弯新月而得名。月牙泉水质甘洌，澄清如镜。它与鸣沙山的流沙之间仅隔数十米。虽遇烈风而泉不被流沙所淹没，地处戈壁而泉水不浊不涸。这种沙泉共存的独特地貌，被称之为"天下奇观"。

站在山顶，坐在滚热的沙上，遥想那个充满正义的故事，心里安静如禅。

从前，这里没有鸣沙山也没有月牙泉，而有一座雷音寺。有一年四月初八，寺里举行一年一度的浴佛节，善男信女都在寺里烧香敬佛，顶礼膜拜。当佛事活动进行到"洒圣水"时，住持方丈端出一碗雷音寺祖传圣水，放在寺庙门前。忽听一位外道术士大声挑战，要与住持方丈斗法比高低。只见术士挥剑作法，口中念念有词，霎时间，天昏地暗，狂风大作，黄沙铺天盖地而来，把雷音寺埋在沙底。奇怪的是寺庙门前那碗圣水却安然无恙，还放在原地。术士又使出浑身法术往碗内填沙，但任凭妖术多大，碗内始终不进一颗沙粒。直至碗周围形成一座沙山，圣水碗还是安然如故。术士无奈，只好悻悻离去。刚走了几步，忽听轰隆一

声，那碗圣水半边倾斜变成一湾清泉，术士变成一摊黑色顽石。原来这碗圣水本是佛祖释迦牟尼赐予雷音寺住持，世代相传，专为人们消病除灾的，故称"圣水"。由于外道术士作孽残害生灵，便显灵惩罚，使碗倾泉涌，形成了月牙泉。

传说归传说，小时候这样的故事听得很多，但对于月牙泉的水，却充满了敬畏。圣水是不容亵渎的，我们这样的凡夫俗身，还是远远地看着便好。而月牙泉到底是怎么形成的呢？说法也各有不同。一说是河道残留湖，二说是断层渗泉，三说属于风蚀湖，四说是人工挖掘。还有一个说法是观世音菩萨为救唐三藏从紫金瓶里洒下的一滴金水而形成。不管是哪一种原因，现在都是人们心里的圣湖。

在月牙泉传说还有三宝：铁背鱼、五色沙、七星草。还说铁背鱼和七星草一起吃可以长生不老！下得鸣沙山，往月牙泉去。沿路都没发现铁背鱼和七星草的影子，也没听旁人说起。倒是路旁的枣树上挂满了枣子，绿色未熟，也没有人去摘下尝鲜。在这沙漠之上仅存的绿色，所有人都不舍得去做那样的傻事。站在月牙泉边看绿油油的湖水，真愿有一条铁背鱼跳出水面，看看也好，但水平如镜，湖边也没有蓝色的小花可寻。看来，这辈子想长生不老，是不可能的事了。

耳边似悠悠飘来歌：就在天的那边，很远很远，有美丽的月牙泉。它是天的镜子，沙漠的眼，星星沐浴的乐园……

其实我想说，月牙泉，不远不远，我触手可及，我在你身边，你在我眼前。

五

　　从鸣沙山·月牙泉出来，已是正午时分，太阳高高地挂在蔚蓝的天空。太阳下的鸣沙山，金色显得更加耀眼。那高高耸立在我身后的沙丘，依然形如刀削、切割分明。一阵风来，似乎听到黄沙之下的声声轰鸣，真切而又遥远。

静静的束河

八月，云南的向日葵还在大片地开，青稞还未收割，偶有高原风吹过，那是怎样的一地金色浪花，一路，都可以与你不经意撞个满怀。就这样，我们载着窗外的风景，一路走进了这个"高峰之下的村寨"——束河小镇。

有人说，束河，是丽江古城的一个单元，是纳西先民从农耕文明向商业文明过渡的活标本，它是一个令人向往和发呆的地方。来之前，就有朋友叮嘱，去丽江，一定得住束河。我问为什么？朋友说，去了就知道了。其实，同行的友人早早就定好了束河的客栈——五缘阁客栈。

客栈主人是正宗的纳西族人，他热情地接待了我们。尚未收拾旅途的疲惫，我抬眼便相中了客栈的小院。这是一个别致的小四合院，院内种满花草，种类繁多，错落摆放，自然有序。一个小水池底有活水流出，水池的假山上也种有不知名的结着小红果的植物，小喷泉扬扬洒洒，飘然而下。或许就是这小水池里的水滋养着院内的花花草草，使得到处绿茵茵，充满生机。一个双人小秋千在小院的一角，深褐色的吊绳和座椅与院内的青石地板相得益彰。小院里点缀着这个小秋千，显得浪漫了很多。我坐了上去，闭目，发呆，顿时，倦意来袭。

第二天一早，我们一行人便前往小镇。小镇上很静，没有川流不息的人群。正好，我们可以慢慢地走，慢慢地看，慢慢地感受不一样的束河。

走在斑驳的青石板路上，放眼开去，也看不到高大的建筑，都是清一色的纳西族民居，古木的门，雕花的窗，缓缓的流水以及店前闲坐的老人。一些大大小小的古树，参差着枝丫，伸向各个方向。水流总是从各家门前的小水沟不紧不慢地流过。周围没有喧闹的声音，有人说话，但都温温柔柔的样子。慢慢地，我的脚步似乎也变得温柔了起来。

"叮当，叮当"，一阵缓慢而清脆的声音传了过来，我抬头，迎面慢悠悠驶来两三辆马车，马上的铃铛有节奏地鸣响。马车显然被装饰过了，上面坐着两三个游人，他们谈笑风生，怡然自得。有赶马车或者牵着马绳悠哉游哉地走在一旁，轻扬着鞭子，吆喝着的人。我看着他们从我面前走过，只呆呆地静立，心思也随他们去了。

沿着青石路，我们也放慢了脚步。街旁有几个老人坐在青条石上，无所事事的样子。也有三五成群的中年人和老人在一起唱歌，听不懂唱些什么。几个小孩儿蹲在水边，悄悄地说着小心事。一个卖皮包皮衣的店铺，两个人在店门前下着象棋，我走进去，他们也不管。直到我说，老板，我想看一下那个包，其中一个人才慢条斯理地站起来，把包取给我，让我随便看，又去下棋了。这里的人也不像平常商家那样招揽客人，他们做的生意，仿佛是别人家的事。

135

　　一路闲着走来，一个叫"等你客栈"的小院一下跃入眼眸。"等你"，名字听起来就充满了温暖。大大小小的鹅卵石铺成的小路两旁，是用木栅栏围成的两个小花园，花园内没有繁花似锦，却精巧别致。每一种花，每一棵草，每一根藤蔓，都恰到好处地长于园中。我和友人都忍不住迈过一道低矮的门槛，走了进去。里面是一个更小的院落，紫纱垂挂，珠帘半掩，显得古朴温馨。左右两边各自安放着两张古木桌子，桌上摆有鲜花，有我喜欢的香水百合，远远的，百合的清香便与我不期而遇。此时正好有阳光照来，小院内斑驳着迷离的光影。真美！我正暗自叹羡客栈主人的品位，一个优雅的长裙女子走了出来，我忙歉笑着说，看看而已。她友好地朝我一笑，妩媚迷人，然后坐下安静地刺绣，便不再说话，算是默许了我的擅自闯入。同行的友人催促，该走了。我流连回望，其实，如果可以，我真想在这小院里待上一阵，搬来一把长椅，静坐在轻柔的阳光下，静静地看，慢慢地想，或是久久地等。至于看什么，想什么，等什么，已经不重要了。或者，直接把家搬至束河，也开一家客栈，和束河一起虚度时光。

　　走出束河，已近晌午。我回头看去，阳光下的束河，笼罩着淡淡的光晕，在高峰之下，显得宁静而祥和……

　　又想起朋友的话：来丽江，一定得住束河……

我的蓝色之恋

天是蓝的，海是蓝的，在天与海之间，我将是什么颜色？

——题记

没有想到，我真会踏上那方土地。蓝，本属于清凉的冷色，但它却温润了我的心灵，让我有着深深的体味，也切切快慰。走向海南，我愉悦的心开始飞翔。

蓝天飞行

"各位旅客，请系好安全带，我们的飞机马上就要起飞了……"随着美丽的空姐甜美温馨的提示，我的心情开始激动起来。这次真的可以翱翔蓝天了。

朝窗外望去，陆地上的一切开始在我的视线里变小再变小。当偌大的房子成为一个小点时，我良好的视力见证着我们已经飞离陆地，与蓝天牵手南行。

飞行渐渐平稳，窗外的一切却变得更加清晰。我们已在蓝天

之上。一朵朵洁白的云一动不动地悬浮在我们脚下。我有点惊奇，又有些兴奋。只见那些云朵一团挨着一团，一簇接着一簇，如棉花，如白絮，如刚烧制出炉的石灰。白，纯粹的白。它们有序地连成一片，成为天底下最纯洁的花海。它们看起来是那么柔，那么软。我从未看见过这样的云，我也从未想过可以驾云而行。

此时的我，真想伸出手去捏一捏，摸一摸。或是跳上去，在云朵之上跳一跳，打两个滚，赛几趟跑也不是不可以。我知道，我并不能触手可得，但却想象着能站在这些云朵上，其实就想站在这一望无际的棉田里，一跳，再一跳；一踩，再一踩，让这些轻柔的云朵可以把我弹得很高，再落下，再弹起，再落下。在这一起一落的弹跳之间，享受儿时的快慰与童趣。思绪悠然，飞行继续。偶然间，一处处石钟乳般的云朵出现在我的视线里。那些纯白的石钟乳，看似没有岩洞里的石钟乳的硬度，却有一种一触即碎的脆弱感。我想，我是不是可以把它们搬回家，做成假山，给人以美的享受？它不属于个人，蓝天才是它自由的天地。

美丽的云朵一片接一片离我远去，在近两小时的飞行过后，我们到了向往已久的目的地——海口。

激情玉带滩

第一次见到大海，我的激动是不言而喻的。来到玉带滩，目光掠过那片黄色的沙滩，就是一望无际的碧蓝的大海了。黄沙被

晒得发烫，但人们还是有些迫不及待。很快地脱掉了鞋，穿越那片滚烫的海滩，向那片海扑上去。

"大海，我来了！"站在岸边，不时可以听见一些真性情的人面向大海深情呼唤。一个个浪头卷来，打湿了裙摆或裤脚，人们也不去理会，只当是大海送来的礼物，或是亲吻。海水偶尔溅到嘴里，咸咸的，但没有想象中的那么涩。人们不断地摆弄着手里的相机。站在浅水里，任摆一个姿势，都可以和大海成为一幅美好的画卷。碧蓝的，广阔的，清凉的。相机里的每一个镜头，都是美的化身。放眼望去，三圣石屹立在不远的海中央。看似平凡的三圣石，它只长年累月地停留在那唯一的地方，守护着玉带滩的美丽，显得神圣而庄严。若干年以来，三圣石就这样静静地向人们诉说着关于它的传奇故事，同时也招徕不少文人墨客的青睐。"圣石缘仙气，轻拢玉带滩。文人稍弄墨，不假真情还。"三圣石，不管是来自魔界还是仙界，它终究是以平凡的姿势，就坐拥了人们美好、浪漫、传奇的幻想。

站在浅水滩里，我也以唯一的姿势凝视大海。多么深沉、浩瀚的大海啊！与大海这样亲近，我第一次感觉自己的渺小与卑微。大海无言，却似话语万千。大海以它广纳百川的气度征服着我，我幸运地以这样的静穆面对，幸运地以一种崇敬的姿势面向那片碧蓝。此时，或许我任何一点细微的声响都是对它的亵渎。

就这样静穆吧！就这样享受吧！一阵海风吹来，惬意中有种力量，涌遍全身，顿觉豁然开朗。

红艺人的魅力

　　一直听说，泰国产人妖，说得很恐怖。一群男人，却打扮成女人，非男非女的不正常人让正常人去看，然后部分正常人也就变得不正常了。于是，人妖这个词让一些人一听就产生厌恶感。这次到海南，从海口到三亚，路经兴隆，住宿一晚。导游向我们推荐，在兴隆有一场红艺人表演晚会，值得去看。同行中有人问，什么是红艺人？导游解释说："红艺人就是平时人们口里的人妖。其实人妖并不是人们想象中的那回事。他们其实有着悲惨痛苦的人生经历。为表达对这些人的尊重，不称他们为人妖，称为红艺人。今天这场晚会，会让大家真正去认识了解红艺人。"或许是想见证道听途说和真相之间的区别，我们全团四十二人全去观看了这台晚会。

　　随着主持人煽情的解说，我们犹如亲身见证了红艺人从出生到成年时的悲欢离合。他们悲惨的遭遇，坎坷的人生，令观众们都为之动容。更令我们为之惊叹的是，舞台上，我们观赏了传说中的红艺人——一个个妖娆而甜美的青春佳丽。他们风姿绰约，妩媚动人，身材窈窕，楚楚可怜。一双明目顾盼生辉，举手投足间，显尽女人的柔情似水。再听他们歌声，嗓音甜美，吐词圆润。在五彩缤纷的霓虹灯下，每一个都光彩照人，绚丽夺目。不管从哪一角度去看，总也看不出一点男人的味道，只剩女人的柔美与醇香。"这是真的红艺人吗？"或许是看穿了观众的心理，主持人一语道破天机："我们有请红艺人用本来的嗓音与大家聊聊。"于是，主持人问，美丽的红艺人答。侃侃而谈中，我们听到一个真正男人的声音，雄浑而低沉。"哇，真看不出来，太漂亮了。"台下一片哗然。如此才艺双绝、貌美如花的红艺人，着实让台下震惊。

与这些美丽的红艺人合影，是台下大部分观众梦寐以求的愿望。于是，主持人专门安排休息时间，让时间定格，让美丽永恒。随着红艺人的出场，观众们便蜂拥而至。一位，一位，再一位……数不清的合影在瞬间抒写了一种红艺人别样的浪漫与传奇。

面朝大海，春暖花开

早上五点多，天还没亮，人们便早早起床，到海边赶海。

赶海，以前只听歌词里唱过，我对此，只是作为一种向往与梦幻。今天，与一大群人一起，居然也可以把梦幻变成现实。兴奋之余，也光着脚丫，踩着软软的细沙，任海浪一次次轻吻双脚，甚至小腿。周围很静，我也静静地站在岸边的细沙里，听海浪的窃窃私语。只听见潮声传进耳鼓，没有振聋发聩，只有母亲爱怜般的絮絮叨叨，浅浅的，柔柔的。

静穆中，我仿佛听见海子的声音："从今天起，做一个幸福的人。喂马，劈柴……"我深深地呼吸，清凉的海风浸润着我的每一寸肌肤，舒适而惬意。放眼望去，海那边没有尽头。听导游

说，对面坐船可达泰国、缅甸。但得坐上半个月的船。"这么远？"透过茫茫的海面，我无法想象海的辽阔，那是一个让自己震惊的宽度。

"让心灵栖息于海上，做一个幸福的人"。蓦地，我发现自己又一次成长。太阳出来了，柔和的阳光洒满了海面，海面顿时银光闪闪。沐浴着晨光，人们也变得柔美起来，捡贝壳，拾海螺，脚印背后，留下了一串串银铃般的欢声笑语。

第四辑：心有千千结

　　心有千千结，夜过也，东窗未白凝残月。东风吹过，一年又一年，世事变迁。追忆里的流年，谁把谁的玩笑当成了真相，谁被谁的柔情扰乱了心房。想想看看，或许都成了过眼云烟。

往事·如烟

夜深了，清冽的月光如泻，使周遭的一切变得美丽了。如烟站在窗边，夜风轻轻吹来，吹动了她如丝长发，轻柔，温和。风里满是春天的气息，迎着草木的芳香，如烟的心里充溢着幸福的味道。是啊，如烟觉得这样的夜是幸福的。其实自从认识了他，如烟就总是觉得幸福了。如烟清楚地记得，他总是在这样的夜里，给她发来短信："亲爱的，睡了吗？""亲爱的，在干什么？"看到他的短信，如烟就笑了。她知道他又在想她了。他说，他在入睡前，总会想她，每晚如此。被一个人这样地眷恋着，如烟很幸福。

如烟喜欢靠在厨房门边，看他在厨房里忙碌，或煎两个鸡蛋，听他慢慢告诉她，让油冷却一会儿再放入鸡蛋，鸡蛋就不会粘锅；或下一碗小面，要先放入面，煮一会儿再放菜，这样，菜的清香就会渗入到面里，面会更加可口。他总是一边做事，一边转过头来与她相视一笑，甜甜的，很暖。

如烟喜欢躺在他怀里，听他讲《外星人就在月亮背后》，讲《读史做女人》，讲鲁迅，讲故事情节，讲家乡的父母，讲工作的得失……如烟每次总是这样静静地听着，不说话。如烟觉得，听着他讲，是一件很甜蜜的事。

今天的夜色依然很美，淡淡的月光，淡淡的风中淡淡的草木的味道，依然那么熟悉。如烟拿起手机，那个熟悉的电话号码下，也只有淡淡的几个字："我很好。"这是好多天前的短信了，如烟一直舍不得删。尽管每次看到，手机屏幕就会变得模糊，她还是会看。如烟心里知道，他心里已经没有她了。

如烟告诉他："我已习惯了有你的日子，静静地拥抱，静静地诉说，静静地被你照顾的感觉。""时间会是一切疗伤的药方，慢慢就好了。"他说，"我对不起你，忘了我吧。"

如烟知道，一段深深的感情，怎么能说忘掉就能忘掉？如烟也知道，感情没有对与错，爱就是爱了，不爱就是不爱。但面对他如此决绝地离开，如烟还是痛了，切肤般的痛！他曾说，她是他遇到的除了母亲以外对他最好的女人。可是今天，他怎么舍得放掉？他重情义，他细腻温柔，过去种种依然历历在目，恍如昨日，怎么可以说没有就没有了呢？每每想到这里，如烟的眼泪就止不住地往下掉。"或许他有他的理由吧！"如烟还是理解他，这么多年，她一直理解他！

夜已经很深了，周围的灯已渐渐地熄灭。如烟依然站在窗边，心事重重！"或许这一切的一切，都会像自己的名字一样，如烟散去了罢。汝爱我心，我怜汝色；以是因缘，经百千劫，常在缠缚。"如烟想着，心已碎成了泪水，再次被风干在了浓浓的夜色里……

离歌，那一年的爱情

秋又来了，大雁开始南飞。几天艳阳过后，山上树木的色彩也开始缤纷起来。

他知道，山上那棵银杏已经黄了，多年了，他都记得它变黄的日子。屋子里还是循环播放着她喜欢的《女人如烟》，歌词写尽悲凉与思念。"想我了，就请你把我点燃……"他的泪水禁不住又一次夺眶而出。他又点燃了一支烟，吐出几个烟圈，烟圈缓缓上升，最后幻化成一个美丽的人影，驻进他的心里。

记得那天，他照例点燃一支烟，潇洒地吸了一口，对她说，山上那棵银杏又黄了，金色的，很漂亮。她朝他一笑，会意了他全部的好。每年，他都带她去山上看那棵银杏。山上有很多银杏，但他们只看那一棵。记得那年他开车上山，就在那棵银杏树下，他看到了美丽的她，正站在那棵银杏树下发呆。从此，他的生命里便多了她和那棵银杏。

他说，他很喜欢待在山上，山里的空气好，一个人待着，或坐在阳台上，点一支烟，想她，便是一种美好；又或是泡上一壶茶，慢品，并写上两三句聊以自慰的五言或七律，可以自娱自乐好一阵子。每次听他说，她都看着他笑。有时，他也把写的诗发给她看。诗并不工整，但足可以看出他不薄的文字功底，只是平时被案牍劳形，也少有时间可以静下来抒抒自己的诗兴。

他开车回家，每天都会路过那棵银杏树。每次，他都会看上它一眼，看它的叶子由绿变黄，再到金黄。每当银杏叶黄得耀眼的时候，他总会带她上山来看，并体贴地把车停在路旁，看着她站在银杏树下发呆好一阵子。他从不催促她，她说过，她喜欢变黄的银杏，没有原因，就是喜欢。于是他每年都会带她来看。每次，他都耐心十足地等她看够，他只需坐在车里，点一支烟，慢吸，远远地看着她。

在他的小家，她做饭给他吃，两菜一汤，简单却温馨。他看着她在厨房忙碌，他常常会走过去，从后面拦腰抱抱她，每次，她都开心得不得了。她看着他把最后一口汤喝下，幸福就满漾在她脸上。她收拾好碗筷进厨房，他就会削好苹果等着她，亲自喂到她嘴里。她也任由着他对她的好，从不拒绝。每当这个时候，她就喜欢靠着他，看着他笑。

又是一个临近秋黄的日子，阳光甚好。他说，山上的银杏又黄了，她又笑了。

在上山的路上，他递给她一瓶新榨的苹果汁，说，刚榨的，喝吧。她接过去，眼泪一下子就来了。他说，哭啥，应该高兴才是。随手心疼地用纸巾去给她擦眼泪……正在这时，一辆大货车急速地向他们驶来。他还没来得及打方向，便什么都不知道了……

等他醒来，妈妈告诉他，她走了，再也不能和他一起看银杏了。他望着天花板，一滴眼泪都没有。他一个人躺在病房里，不吃不喝，也不说话。三天，只任医生给他打点滴，一瓶又一瓶。

今年的秋天，银杏黄得更是招摇。他开着车，上山去看银杏。银杏依旧是好看的黄，他依旧把车停在路旁，点一支烟，慢吸，远远地看着那棵银杏树。只是，这次树下，少了那个熟悉的人影……

声声慢

　　山里的夜，即使到了盛夏，也是微凉的。山风中带着草木的清香，总是让人喜欢。上凉村的一个院坝里，劳累一天的人们正趁着如水的夜色，闲聊着一个又一个的无关自己的故事。

　　上官玥儿一身棉麻布衣，正坐在窗前，窗外有淡淡的清辉照来，照着她单薄的身子，素净、端庄。

　　院坝里的人都已散去，月圆依旧。秋的爷爷手里拿着旱烟，烟已快熄灭，他没管这些。月光照在爷爷身上，更是孤独了老人佝偻的脊背。

　　一个到市里进修的名额，村里两个一样优秀的孩子。玥儿说她怕远，不想离开上凉村。她拉着妈妈的手，眼里满是祈求。母亲点点头，拥着玥儿笑了。把秋送过了一座山，两条河，三条路，玥儿羞涩地看着秋。秋朝玥儿点点头，眼里满是坚毅。从此，爷爷家里，一个俊俏的身影总是忙里忙外。每当这个时候，爷爷总是笑得合不拢嘴，坐在门边，眯缝着眼睛，吧嗒吧嗒地抽着旱烟。

　　已经折腾一天了，看着此时安静的玥儿，母亲心疼地用手抚摸着她的脸。这是一张好美的脸，清瘦，白皙，浓浓的眉毛下一双大眼显得明亮而干净。对于母亲来说，她是一个值得自己骄傲

的女儿，漂亮、温柔、善良。曾经，全村子的人都那么喜欢她，而今……母亲轻叹一声，给玥儿披上一件外衣，关好房门，出去了。

夜已深了，玥儿坐在窗边依然一动不动，手里紧紧攥着一张手帕，手帕上印着李清照的《声声慢》："寻寻觅觅，冷冷清清……"此时，院子里的蟋蟀仍在低吟，偶尔还有一两只夜鸟飞过。田野里，庄稼长势喜人。轻纱似的月光洒满了山村，俨然是一幅静谧的画。

此时的玥儿是清醒的，但周遭的美丽，都与她无关。她的双眼只盯着手帕上淡淡的字迹，"三杯两盏淡酒，怎敌他、晚来风急？雁过也，正伤心，却是旧时相识。"窗边，玥儿伏在桌上，迷迷糊糊又睡了一夜。

天已大亮，不知什么时候，母亲已经开门进来。她本想挪动女儿到旁边的床上，但她并没有这样做。就让她多睡一会儿吧！一旦醒来，她就又不会安静了。看过很多个医生，都说这是郁积成疾，她自己不打开心结，他们也无能为力。母亲跟父亲商量，本想带玥儿去大医院，但昂贵的医药费以及白天时玥儿的狂躁，都是年迈的父母无法承受的。

母亲用一根长长的、柔软的布绳，轻轻地绕过玥儿的身子、双手、双脚，然后打上结。每次，母亲都是趁玥儿没有醒来的时候用这条绳子，含着眼泪绕啊绕啊。一年来，母亲觉得，自己的心都被绕得失去了温度。这是自己的亲生女儿啊！就这样成天被自己用绳子绕着、捆着，她的心都快碎了。

母亲去拿玥儿攥在手里的手帕，玥儿一下醒了，一双大眼直

视着母亲。随即又黯然了下去。母亲又被吓了一跳。

"满地黄花堆积。憔悴损，如今有谁堪摘？守着窗儿，独自怎生得黑？"玥儿柔声地念着手帕上的文字。猛然又转向母亲："他教我的，他教我的，细雨，到黄昏，细雨，到黄昏……他说他最喜欢，最喜欢……"玥儿粗暴地吼叫着，样子狰狞得可怕，即使被捆着，她的整个身子仍不停地乱撞。为了防止女儿受伤，屋里一切有棱角的家具都被母亲用棉絮包过了。母亲知道，女儿疲惫的一天又开始了。

一年前，秋回村结婚了，新娘高颜值，高学历，高情商。村子里的人都说秋找了个好媳妇。只有秋的爷爷，抽着旱烟袋，一句话都不说，脸上没有半丝喜色。新郎新娘欢喜了一天，玥儿在家把自己关了一天。三天后，新郎拥着新娘回城了。上官玥儿追着他们，追过了一座山，两条河，三条路。她实在跑不动了，伏在地上大哭了一场。当她失魂落魄地回来后，又足足把自己关了三天。当母亲把门强行撞开后，玥儿就成现在的玥儿了。

窗外，秋的爷爷紧蹙着眉头，手里拿着一张双人照，上面的秋和玥儿笑得天真、灿烂。这已是三年前的照片了。爷爷惆怅地看了一眼屋内不成人样的玥儿，他收起了照片，一行清泪无声地淌过老人苍老的面庞。旱烟袋搭在老人肩上，没有了烟火……

栀子花开

汪紫心走在大街上，一个卖栀子花的从她身边走过，熟悉的味道飘然而至。"好香！"汪紫心不由得深深呼吸了一口。每年的五月，便是栀子花开的季节。花开叶间，花香四溢。白色的花瓣逐层叠加在一起，亦娇艳，亦淡雅。每逢这个时候，汪紫心总喜欢把自己沉浸在这栀子花的世界里。

"看，怎么样？现在你的办公室呢，一不再单调，二香气迷人。不错吧。"汪紫心刚把一大束栀子花插入花瓶，就迫不及待地向办公室的主人——杜伟民夸耀。"是！其实有你在，办公室不需要花。"杜伟民跟紫心调笑。"好你个杜伟民，居然拿我和花比。我才值一束花吗？"汪紫心边说边追打着杜伟民。"不止不止。我的意思是说，你和这栀子花一样，美丽、清新而优雅。"杜伟民边跑边笑。一对有情人在办公室里追逐，幸福的分子不断在空气中飘散。

"我怎么又在想他了呢？"汪紫心定了定神，似乎从回忆中苏醒了过来。是啊，栀子花又开了，可他呢？在哪儿？汪紫心又开始难过起来。杜伟民，这个总令她牵肠挂肚的男人，他还好吗？一年了，汪紫心都未曾见过他。分手是汪紫心自己提出来的，可这能怪谁呢?

　　一年前的一天，杜伟民的妈妈找到汪紫心，无比沉痛地对她说:"紫心，我知道你是个好姑娘。但你真的不能和伟民在一起。你们的八字不合。这也是上天的安排，我们认命吧! 就算是阿姨求你，你离开伟民吧!"听着杜妈妈的话，紫心的心仿佛一下子被掏空了。她爱伟民，他们两情相悦，已经好了一年，虽然没到谈婚论嫁的时候，但也算是如胶似漆了。怎么能说分开就分开呢? 杜妈妈是不是太迷信了? 她爱伟民，不希望他受到任何的伤害。她也知道杜妈妈爱儿子，她能体会一个母亲爱儿子的心。汪紫心就和杜妈妈这样面对面地坐着，从头到尾，她都没说过一句话，只有眼泪一个劲地流。她不知道杜妈妈是什么时候走的，只知道自己在咖啡厅里坐了整整一个下午。怎么办? 汪紫心也不知道该怎么办。真的离开伟民吗? 她每每一想到这儿心就会一阵疼痛。汪紫心的心里空落落地回到家，晚饭也没吃，就躺在床上了。她需要好好调整自己的情绪。

　　一周没接伟民的电话了，紫心很想念他。"我们见一面吧，就今晚。"紫心给杜伟民发信息。今夜的月很圆，也很亮。汪紫心站在窗前，看着那轮明月，内心充满了无限感伤。尽管是五月了，夜晚的风还是很凉。一阵风吹来，紫心打了一个寒战。杜伟民从后面拥住了她。多么有力的双手，多么温暖的臂膀啊! 汪紫心的心都快碎了。她转过身，紧紧地抱住了伟民。

　　"伟民，我舍不得你。"紫心悠悠地说。"别信我妈的。"伟民安慰紫心。紫心让伟民抱紧她。"紧一点，再紧一点。以后恐怕就没机会抱了。"紫心想着，却没再说话，眼泪早已打湿了杜伟民的肩。那天过后，汪紫心就再也没见过杜伟民了。

一年了，他过得还好吗？紫心又买了一大束栀子花，准备拿回家插在花瓶里。"你就是一朵栀子花，清新而淡雅……"多么熟悉的话语！紫心扭头一看，一对小情侣正手捧栀子花，有说有笑地从她身边经过……

别把爱情弄丢了

珊是我的学生。当我接到她的电话的时候，那个十七年前高高瘦瘦的长得清秀的农村女孩儿，一下子就跳到我的眼前。

是的，十七年了。我跟她已经十七年未见，女大十八变，都不知她长成啥样儿了。当听她在电话里说她与我在同一座城市的中学教书时，我真是有些激动。

终于找到一个合适的时间，我约珊在城中心的一个冒菜馆一起晚餐。我在街头等她，她远远就瞧见我，向我奔跑过来，紧紧拥抱了我。珊说，老师一点也没变，还是那么好看。我笑了，珊真会说话，十七年了，怎么会没变。

我们点菜，吃饭。珊很懂事，挑了些不太花钱的菜品。我静静地看着长大的珊，样儿几乎没变，只是小圆脸戴上了眼镜，显得更加文静了。个子是明显长高了，身上散发出了成熟女孩的特有气质。

等着菜品上桌，我问了珊现在的工作情况，她说一切都好。对于年轻女孩子，我也同样问到了她的个人情况。刚说到这个话题，珊的神色一下子就黯然了下来。我感觉到周围空气的突然凝固，我拉了拉她的手，说，没事。愿意说的话，老师还是原来那

个喜欢听你说话的人。

珊抬头，目光变得柔和。"其实我谈了一个男朋友，就在这个城市。但是……"珊欲言又止。

"感情不好？"我问她。她顿了顿说："不知道怎么说。他的妈妈对我很好。还经常给我买礼物。礼物都不太适合我，但我还是收下了。"

"你做得对。"我说，"老人买的东西，作为晚辈，喜不喜欢都应该收下，这既是一种礼节，同时也会让老人开心。"

"嗯，我也是这么想的。"珊说，"其实这个男朋友人挺好的，工作踏实，也有上进心。但是我们相处得并不太好。"

"是因为他不够爱你？""不，不是，是我的问题……"珊抢过我的话，"他说感觉我离他很远，够不着。其实我知道是我给了他距离感。因为……因为我的心不在这儿。"看得出，珊鼓足了勇气，要对我说心里话了。

我向她投去关切的目光，没有插话。她顿了顿，说："老师，我其实在这之前有一个男朋友，我很喜欢他。他是我喜欢的类型，在一个设计院搞工程设计工作，算中层干部，收入年薪五六十万，有思想，有品位。最重要的是他也很喜欢我。"珊一口气说了关于这个前男友的好多信息。说话时，神色忽而喜悦，忽而又忧伤起来。我明显看到她眼里的泪光。我知道，此时，珊的内心正被一段深深的感情缠绕，剪不断，理还乱。

我走到对面，深深地拥住了这个可怜的姑娘，说，没事，一切都会好起来的。

珊靠着我，说："老师，你不知道，我有多喜欢他。他就是我最中意的对象。"我知道，此时，珊需要有一个人静静地听她诉说，说出来，她的内心才能安宁。

从珊断断续续的表述中，我明白珊的那段爱，已经被她弄丢了。

从西南大学毕业的珊，毅然决然去了北碚一所镇中学任教。就因母亲曾经找人给她算过命，说她在北碚方向会遇到自己的意中人。出生在农村的珊，经过多年努力，有了自己的工作和生活。她独立自强，能力出众，又善良温柔。珊怀着对美好爱情的向往，她说，自己一定要找一个有抱负、自己又特别满意的男朋友。尽管毕业时她从小生活的城市向她伸出过橄榄枝，但她还是为了找到母亲给她算出的那个人而留了下来。

在镇中学教书，生活条件不好，饭菜品质太差。再加上备课、上课、批改作业，较大的工作量让人感觉不到工作的一丝快乐。珊说，这些苦都算不了什么，只要心中有期盼，吃着苦也觉得甜。果然，工作不到两年，学校的同事就给她介绍了一个男朋友。于是，加QQ、微信聊天。经过一段时间的接触，珊认为，这个远在云南工作的小伙子，志向远大，谈吐非凡，就是自己最心仪的对象。小伙子平时工作忙，很少到重庆跟珊见面。多次约珊去云南，但因各种原因，珊终是没能成行。天涯海角有穷时，只有相思无尽处。尽管分隔千里，珊也感受到来自他的爱情，居然如此美好！

珊与那个小伙子，在美丽的爱情浸润下，快乐的日子感觉像流水一般快，一晃，好几个月就过去了。在越来越深入的了解中，珊知道了这个小伙子收入颇丰，在单位还是中层干部，前程光明

美好。珊知道得越多，自卑感就在她心头滋生得越多。渐渐地，珊有些退缩了，想到自己一个月两千多元的收入与他的巨大差距，珊想，自己能配得上他吗？以至于后来小伙子对她多次邀约，珊总是找理由畏缩不前。小伙子对珊说，收入的差距并不能代表爱情的距离。珊也明白这个道理，但强烈的自卑感让珊在爱情面前变得越来越胆小。再从镜子里看到这个出生于农村的普通的自己，珊开始变得焦躁起来，常常莫名地生气，甚至对他的问候也常用一些刻薄的语言相怼。

珊也不明白自己是怎么了，常常期盼着他的问候与关切，但他的信息来了，不回，电话来了，不接。有时就算接了电话也不能好好说话。但每次过后，珊又自责得不行。就这样，珊用自己的方式折磨着自己，也折磨着另一头的小伙子。

或许是爱情太过于美丽，拥有得太过于容易，才可以这样放肆地消费。但如果不加培育和经营，终会有夭折的那天。可惜珊明白得太迟了。

在珊一次又一次的拒绝后，云南的小伙子也渐渐没有了热情。虽然他偶尔也会打电话或发信息问候珊的情况，但语气里已没有了爱的味道。珊更是不得好过，多虑、烦闷，身体也出现状况。等那个小伙子一周两周都不再打电话来时，珊才意识到自己的爱情快丢失了。她恐慌起来，主动打电话，发信息说是真的想念他，好爱他，他回信却说"请自重"。珊由悲伤转为愤怒了，用一些过激的语言去刺激他，却没想到他居然用脏话骂了珊。珊失望了，但她不甘心啊，多么美好的爱情就这样被自己弄丢了，到底是怎么弄丢的，她却至今都不太明白。珊决定孤注一掷，不顾家人的反对，只身一人远赴从未去过的云南，珊要去找他，当面问他，是不是真的不爱了。

当珊出现在那幢装饰华丽的设计院大楼前，保安问她找谁。当珊说出那个小伙子名字时，保安说："我知道你，但他不在。"珊是第一次来这里，保安居然知道她。珊的心里荡过一阵温暖，看来，他心中是有她的。接待珊的是一个年轻姑娘，姑娘也是第一次见到珊，却也能叫出珊的名字。但姑娘告诉珊，回去吧，他结婚了。"不可能。"珊的第一反应是她在骗自己，是他伙同这里的人一起骗自己。珊一直站在这幢大楼前不舍离去，期待着或许他不经意就从大楼里出来了，或是正从外面走进大楼。珊幻想着，眼泪不自觉地一个劲往下流。也不知自己在大楼前站了多久，进进出出的人中，居然没有一个像他的。看着渐渐笼罩的夜幕，珊的心被撕成了碎片，被夜风吹走，无力飘散。

"直到现在，快四年了，我一直没见到他，也没他任何消息。"珊无力地把头靠在我肩上。我紧紧地拉住了她的手，感觉好凉。

"都这么久了，你还没放下？"我心疼地说，"我觉得你应该放下了。这一切只能说明你们没缘分。有缘千里来相会，无缘对面手难牵。你们不能在一起，说明你们真的没缘分。就不要再让自己过不去了。这段爱情，你已经尽力了。"

"嗯，这几年来我一直放不下，在心里憋得慌。"珊说，"现在对老师说出来了，好像释然了不少。正如你所说，虽然是我错了，但这段爱情我已经尽力了。"珊擦了擦眼角的泪水，对我苦笑。

"嗯，人总要往前看，不能总沉浸在往事里。"我劝珊，"现在这个对象工作和生活都和你在同一个城市，挨在一起，多好。"珊再次对我笑了，说："老师说得对。"

珊陪我走到住家楼下，我说："快回去吧，记得给刚才关心你的男朋友回个电话。不然，他会担心的。"珊回头，说："老师放心，这次，我不会再把爱情弄丢了。"

看着远去的珊，我心头有些苦涩和惆怅。周遭的高楼里，各个窗户都透出温馨的光照。街头的路灯早已亮了起来，一路把珊的影子拉得老长，我站在原地，默默地祝福珊：好好的，一定要幸福……

幸福的方向

一

　　第一次见到明轩，萧然就有小心思了。那个高大、帅气，又略显几分成熟的男孩，只是一抬头的瞬间，就让萧然有了似曾相识的感觉。萧然不由得有些脸红了。她不自觉地拿起矿泉水喝起来，以掩饰内心的这份尴尬的秘密。

　　这是萧然第一次参加户外旅行活动。本来文静秀气的她，是不太喜欢这样张扬高调的生活方式的。但她想换一下自己的心情。好长一段时间以来，萧然的情绪都不太好。从医科大学毕业回来，萧然很幸运地分配到城里医院的妇产科。高挑、漂亮的她，一下子就成为医院单身男性追逐的对象。但略对文学有点爱好的她，似乎对这些充满药味的凡夫俗子不以为然。这倒不是萧然挑剔，只是确实是对他们没有感觉。萧然认为，两个人相处，感觉很重要。亲戚朋友们也帮忙物色了好几个，但都没有一个能入萧然的眼。工作已一年的萧然，至今仍单身一人。萧然在家是独生女，父母都是教师，尽管他们思想开通，也还是为女儿的终身大事操心不少。但女儿自己的心思，父母不便干涉。因此，父母也只好在萧然面前念叨几句罢了。

这次，萧然被领导的夫人误会，以为领导喜欢萧然，还被领导夫人找去"交流"了一番，说些什么，自己孩子都十多岁了，请萧然放过他们家。萧然听得真是哭笑不得，心里很是郁闷。她也不想想自己老公是什么情况，就乱点鸳鸯谱。萧然还真有点生领导夫人的气。说实在的，在医院，领导虽然长相平平，但颇有儒雅之气。对员工也好，应该算是一个平易近人的好领导。在萧然的眼里，这个领导是值得尊重的，但这是两回事嘛，怎么跟喜欢挂上了钩？而萧然的工作能力强，也让领导颇为重视，一些重要的工作方面领导就安排上了萧然。为此，与领导就多接触了几次。没想到却招来误会。在单位被人误解，在家被父母念叨，萧然的心情似乎坏到了极点。她是宁愿一个人待着，用几行文字发泄心情，也不愿将自己的心思与朋友分享的人。

在网上乱逛的萧然，偶然看到一则组织户外旅行活动的信息。一直听说有这个活动，但萧然一直没关注过，认为与她不相干。或许是心情的原因，这次，萧然居然把这个信息从头至尾看了个遍。这信息把本次活动过程说得很细，还特别把户外旅行活动的快乐享受宣传得非常夸张，什么释放心理压力，享受淳朴生活，拥抱大自然，结识新朋友……这让心情不好的萧然也有了试一下的心思。去放松调节一下也行，反正这个周末没事。就这样想着，萧然在网上报了名。一切准备停当，她背上背包，按预定的时间地点出发了。

这次的户外活动的确组织得不错，一共有五十多人参加。大家都来自不同的地方，不同的工作单位。一行人在指定的地点集合，组织者讲清了活动要求与安全注意事项，就下令出发了。第一站需翻过一座山，沿途休息，再翻过一座山，到一处农家小院过夜。

队伍行至一座大山脚下，就开始走山路了。山有路，但窄，不好走。一行人得互相扶持着、照顾着前进。萧然是一个人前来，一路受了不少人的帮助。但队伍人多，走了很远的路，萧然也还不认识几个。行至半山腰，突然有了一块平地，绿草茵茵，天然的一块草坪。大家都累了，不等队长招呼，就一股脑儿地坐了下来，甚至有人天作被子地作床，索性躺下了。"大家快来休息一会儿，喝点水，吃点东西，补充一下体力。十分钟后继续前进。"同行的队长林大伯大声招呼着。

萧然找了块稍高的地儿放下背包，坐下来，拿出矿泉水，欣赏着眼前如画的风景。确实是大自然美丽的景致啊！现在正值秋天，各种色彩在林间肆意渲染，这山就俨然成了一个缤纷的世界。红、黄、绿，或淡红、金黄、深绿交替绵延，延伸到视线的末端，也还觉得看不够。深呼吸一下，空气是甜的，有秋天成熟的味道，还夹杂着一些野果的香甜。萧然不由得闭了眼，真正享受起了大自然。

"哥，你看，那儿有红籽。"萧然被一阵甜甜的叫声吸引了。她睁开眼，看到自己左边不远处坐着一男一女两个年轻人。男孩

可能是哥哥，他正从包里拿出一个面包递给旁边的女孩。"吃吧，不然一会儿走不动，又要哭鼻子了。"说完，用手在小女孩鼻子上刮了一下。"哥，你吃过红籽吗？听说那东西酸酸甜甜的。""吃过啊。你忘了，哥还带你去摘，摔了一跤呢。只不过那是小时候的事了。"兄妹俩的谈话让萧然觉得很温暖。好体贴的哥哥，有哥哥真好！萧然不由得朝这个哥哥看去。好帅气的男孩子。俊秀的脸上架着一副黑边眼镜，高挺的鼻梁与薄薄的嘴唇恰到好处地镶嵌在那略显沧桑的脸上，让萧然看得有些傻眼了。是为他的帅气还是他脸上的那份沧桑，萧然一时半会儿也说不清，只是自己发现自己的脸不由得红了。"休息好了，大家出发吧。"队长林大伯又开始招呼了。大家都站了起来，收拾好了行李出发。

"哥，等等我。"刚才那对兄妹正走在萧然的前面，萧然抬头看看那个女孩子。女孩十五六岁，稚气未脱。刚一起步就在向哥哥撒娇。"明轩哥，等等我。"见哥哥没有搭理自己，妹妹更大声地叫着。"明轩！真好听的名字。和他样子真配。"人家的名字好不好听，关你什么事？又不是你取的。萧然有点嘲笑自己的这种心思。

二

很快，一行人就到达了山顶。一览众山小的快慰，让大家都忘记了一路登山的劳顿。大家都兴奋地高呼着，"我——来——

了——""啊，我——多——高——啊！"一些年轻或不年轻的人，都一样地欢呼，一样地激动。萧然放下背包，想小憩一会儿。她虽然也认同这种放松的方式，她觉得这些人真的好可爱，但她是绝不会在众人面前这样放肆自己的言行。她觉得，女人还是应该矜持一些，优雅一些，特别是在自己喜欢的……萧然没有继续往下想，而是不由得朝离自己不远的明轩看过去。此时的明轩，正专注地站在一棵树旁，放眼远山。"不知他在想什么？"萧然收回了目光，"他怎么不像其他人一样大声地吼叫呢？他怎么总是显得心事重重的样子？他也是不开心才来参加驴行的吗？"萧然想着，心里蓦地滋生出一种同病相怜的情愫来。

"哎，你是小萧吧？今天走得累不累？是第几次参加这样的活动了？"队长林大伯见萧然在一旁发呆，主动与她搭讪。"还好。我是第一次来。"萧然礼貌地与林大伯聊了起来。"我觉得这活动挺好的，确实让人很放松。不只是身体，还有心灵。""觉得好的话那以后就多参加吧！""嗯，好的。"萧然觉得林大伯是个很称职的队长，他关注着团队里每一个人的情况。组织一个活动是挺不容易的，何况是义务的。萧然不由得对林大伯多了几分敬意。"大家都看够了吧，该下山了。"林大伯首先站起来招呼着。"走了，走了。"大家陆续背上背包，朝下山的路走去。俗话说"上山容易下山难"，下山尽管没那么累，但很容易滑倒摔跤。大家靠攀着路边的灌木丛，一步一个脚印，踩实了再挪动步子。还好，没一会儿工夫，大家都安全下到山脚。

山脚下有一条溪流，溪水正缓缓地流淌。秋天本是枯水季节，但这条小溪的水流还是很急。哗哗哗的流水声，和着山间的鸟鸣，

像一首优美的乐曲，给大家平添了一份轻松与快慰。"大家过河，得把鞋脱了。男同志要帮助女同志，互相照顾一下哦。"队长林大伯走在前面，提醒着大家，也首先做了示范。只见他脱掉鞋袜，挽起裤脚，一会儿就趟过了河，放下背包又返回来，把他后面的两个女同志背了过去。就这样，大家一个接一个地大部分都蹚了过去。轮到萧然了，她正准备弯腰去脱鞋，"我背你过去吧。"一个柔和的声音传进了她的耳际。她抬头一看，原来正是明轩，那个让她脸红的男孩。萧然不由得有些紧张。"我，我，算了吧，我自己能行。"说着，又弯下腰去解鞋带。"没事，反正我的鞋都脱掉了。"明轩边说边在萧然的面前蹲了下来。萧然不好意思再推辞了，接受了这个大男孩的帮助。伏在明轩的背上，萧然的心难以平静下来。多温暖的背啊，如果这背属于自己多好。萧然不由得想起了小时候伏在爸爸背上的情景。由于从小受到宠爱，萧然八岁大时还任由爸爸背着看电影。那是多么幸福的时刻。"你是第一次参加这种活动？"明轩的问话打断了萧然的思绪。"是的。你怎么知道？""我刚才听到林大伯问你了。""哦，你呢？也是第一次吗？""是的。想出来放松一下心情。我叫明轩。你呢？""我叫萧然。"简短的几句交流，让萧然心头暗生一些欢悦。"原来，他也在关注我。而且也遇到了不开心的事。"萧然这样想着，突然觉得自己一下子幸福了起来。她真想告诉明轩："其实我早就知道你叫明轩……""各位，现在我们只要绕过前面这座山就可以到达那户农家了。大家加油哦！"见大家都安全过了河，林大伯又开始鼓励大家。萧然抬头一看，前面的山不高，但感觉很远，没有尽头。而身后，那座气势雄伟的大山已经被征服了，心里像是有了一份成就

感。"嗯，加紧走吧。"尽管萧然的脚好像已经起了泡，毕竟她从没走过这么久的山路。算是一个考验吧，但不能认输。"前面就是幸福的方向。"萧然想，"到了农家就好了，就可以好好休息一下了。"

三

黄昏时分，一行人终于到达了目的地。确实有些疲惫了，毕竟连续走了近三个小时的山路。萧然顾不得淑女风度了，背包还来不及放下来，就瘫坐在凳子上。"看来大家都累坏了，好好休息一下，自己吃点零食，晚上的篝火晚会大家可要打起精神。"队长林大伯虽然年纪较大，却精神矍铄。看他一点也不显累的样子，真是让人佩服。

大家纷纷行动，各自把帐篷都搭好了。萧然稍作收拾，倒头便在她的小帐篷里睡了过去。

"喔喔喔"，萧然突然听到公鸡的打鸣。哎呀，自己怎么就睡过头了呢？天亮了？萧然走出帐篷，咦，其他人都还没起来？管他的，空气真新鲜。萧然深吸了一口。猛一抬头，在农家小院的一棵梨树下，萧然看到了一个熟悉的身影，那不是明轩吗？他这么早？难得只有她和他的时间，萧然静静地走过去："明轩，你好！这么早？""你好，萧然！"明轩转过身，朝萧然笑了一下，继而又转过身去。这让萧然倒觉得有些难为情，觉得有些尴尬。"你看，这梨树上居然还有梨。"萧然有些无话找话。"是啊，我也看

到了。要不，我帮你摘一个下来。""算了，太高，太危险了。""没事。"明轩顾不得萧然的劝阻，一跃，准备去抓那挂有梨子的树枝，却没想到，树枝没抓住，脚下却一滑，明轩整个身子就顺势滚了下去。"明轩……"萧然吓得大叫。一下子从梦中惊醒，萧然满脸是汗。哦，原来是梦。"还好，吓死我了。"萧然用手平抚了一下自己的胸口，但怎么会做这样的梦呢？萧然百思不得其解。

听见帐篷外已是人声嘈杂，一看时间，没想到自己竟睡了近两个小时。萧然赶紧起身。帐篷外，大伙正忙着准备吃的东西。小院中间已堆了好大一堆柴火，四周摆满了烧烤架。顿时，一种暖暖的感觉涌遍了萧然的全身。"大家快起来，看还有谁没到。"队长开始清点人数。"今天晚上，人人得喝酒，人人得表演节目，人人得跳舞。"林大伯见大家都到齐了，高声宣布。

熊熊的篝火燃起来了，烧烤的香味扑鼻而来，萧然确实感到有些饿了。萧然边吃东西边欣赏着大家表演节目。此时的萧然是真正快乐的。这里没有功利的竞争，没有猜忌的烦恼，没有琐碎的工作安排。看着篝火旁即兴而起表演节目的大伙，萧然真心为他们送上热烈的掌声。每个人都要表演节目，我去表演什么好呢？萧然想起林大伯的话。"我一会儿还是去给大家唱首歌吧。"萧然想。"明轩会表演什么节目呢？"萧然不由得朝坐在对面的明轩看去。明亮的火光正照在明轩俊秀的脸上，让明轩更显英气。

"下面，我们掌声有请明轩为大家表演。"该明轩表演了，萧然不由得跟着紧张了起来。只见明轩很绅士地向大家行了个礼，朗声说道："很高兴今天能以这样的方式和大家聚在一起，我也没准备什么节目，就把自己写的一首诗念给大家献丑吧！""明轩，你也太谦虚了吧。谁不知道你的文章写得好，诗也一级棒，还发表过不少呢。"显然是一个很了解明轩的熟人。萧然听到这里，不由得向明轩投去了赞许的目光。"没想到，他这么年轻，就这么有才。"萧然想。篝火旁，明轩正深情地朗诵着自己的诗：

我一直把你仰望

前面就是幸福的方向

我尽管曾经遍体鳞伤

可我依然把幸福向往

痛，是痛了

醒，还醒着

累，是累了

别让忧伤继续让我彷徨

……

诗不长，可明轩却念了很久。他的每一字每一句都打动着在场的每一个人。谁都能听出，谁都能看出，眼前的这个年轻人，曾经受过怎样的不幸，却又如何坚强地走到今天。萧然分明看到明轩眼里的泪光。此时，萧然真想走上去，给明轩一个拥抱，以抚慰他难过的心情。可萧然知道自己不能这么做，也不可能这么做。她注视着明轩，心里有一种锥心的痛。

篝火晚会依然进行着，很多风趣幽默的节目给大家带来了笑声。在各种开怀的笑里，大家或许已忘记了明轩的难过，或许是为了给明轩营造一种忘记伤痛的氛围，各自举杯，笑着，唱着，谈着……

四

　　篝火晚会到十二点才结束，大家也玩得差不多了，准备各自洗漱休息。"小萧，我看你是一个人来，今晚让明轩的妹妹和你一块住吧，成吗？"萧然正准备进自己的帐篷，队长林大伯叫住了她。"成，没问题。让她过来吧。"萧然回答得很干脆。

　　或许是大家都累了，不大一会儿工夫，周围都安静了下来。萧然躺在帐篷里，怎么也睡不着。看着旁边明轩的妹妹，萧然几次欲言又止，她似乎想从妹妹那里知道些什么。"萧然姐，睡不着啊？"又见萧然侧身，明轩的妹妹主动询问起萧然。"对不起，把你弄醒了。""没事，我其实也没睡着。我们聊聊吧！"一大一小两个女孩子躺在帐篷里，就这样说着悄悄话。"妹妹还是学生吧？""嗯，刚上高二。我叫张灵，他们都叫我灵儿。本来学习也挺紧张的，但哥的心情不好，我陪他出来散散心。""明轩？他怎么心情不好了？""哎，说来话长。"话匣子一打开，明轩的妹妹便毫无顾忌地说开了。原来，明轩是孤儿，父母在他十岁大的时候在一次车祸中双双丧生。明轩从此就寄养在了舅舅家，即张灵家。明轩从小乐观懂事，学习也很好，他一直以当大学教师的父母为榜样，出事之前每天幸福得像只快乐的小鸟。没想到，父母却这样早早地离开了他。从此，明轩再也不快乐，他感觉自己已失去了幸福的方向。父母离开的一年时间里，身边的人硬是没见明轩笑过。父母双亡的阴影，在明轩心里成了一个结，也为此形成了他忧郁的性格。如今，明轩刚以优异的成绩从大学毕业，应聘到一家广告公司，刚上班不久。"一毕业就找到了工作，应该不错啊，怎么会心情不好呢？"萧然不解。"还不是因为哥的女朋友。"他有女朋友？萧然心里不禁颤了一下。"哥的女朋友是他大学的同学。他们俩感情很好，哥对她也很好。自从有了这个女朋友，哥才有了难得一见的笑容。但毕业后，哥参加了工作，而哥的女朋友却出国留学了。就上周，他女朋友给他寄回了一封信，说要分手。""分手了？""不知真正分了没。反正哥这几天心情都不好。""哦，怪不得。"萧然沉默了好一会儿。"萧然姐，是不是我说得太多了？"见萧然没说话，张灵有些误会。"没有没有，谢谢你告诉我这些，这么信任我。""哎，说实在的，哥的命也真够苦的。"

听张灵的一番讲述，萧然心头有些失落，有些难过，也有些慰藉。各种复杂的情绪堵在她的胸口，让她久久不能入睡。"没想到明轩有这么多痛苦的经历，一次次拥有了幸福，却一次次失去，这种痛是谁都难以承受的。难怪他总显得那么忧郁。哎，希望他能快乐多一点。"萧然透过帐篷看到外面轻纱似的月光，默默地为明轩祝福。

也不知道是什么时候睡着的，一觉醒来，天已大亮。张灵不知什么时候已出了帐篷。萧然赶紧起来，整理好行装，准备今天的旅程。"昨天谢谢你，让小妹能和你同住。"不知什么时候，明轩已站到自己的身旁。萧然向明轩笑了笑，说："没事。我还得感谢她陪我呢！再说了，昨天你不是也帮了我吗？""是啊，这种活动，传递了一种人与人之间的温暖，让人感受到一种正能量在身

体里流淌。真的很好！"明轩也笑了。这次的笑容，感觉有阳光的味道。

回去的行程来得很快，好像没大一会儿，就各自互道珍重了。看着明轩和妹妹上车，萧然真想跑过去问问他们的联系方式。但理由是什么呢？萧然几次话到嘴边都咽了下去。

回到家，妈妈已为萧然准备好了晚餐。萧然也没吃。倒在床上，一觉睡了过去。"看把这累得……"妈妈心疼地说。给女儿拉好被子，妈妈轻声关了门出去了。

五

日子又恢复了平静，萧然照常上下班。为了不让领导夫人再次误会，萧然尽量不去领导办公室。日子就这样一天天过去，其间，也有好几个好事的大姐给萧然介绍对象，但不知怎的，萧然连去看一看的心思都没有。

一晃一年过去了。这天萧然刚回到家，妈妈把她拉到一边，说："隔壁王阿姨的侄儿刚从国外留学回来，还没有女朋友。这小伙子我见过，长得挺精神，我觉得你们俩挺配的。"妈妈喋喋不休，让萧然有些不耐烦。"我向王阿姨要了一张照片，你看看吧。如果行，我们就约人家见个面。"妈妈说完，递给萧然一张照片。萧然接过来一看，黑边框的眼镜，高挺的鼻梁，这不是明轩吗？再一看，少了明轩的英气与忧郁，怎么会是明轩呢？萧然知道自己又在思念明轩了。一年以来，萧然努力让自己不去想念他，或许人家早已飞到国外，和女朋友重归于好了；或许已经喜结连理了呢！或许又交了新的女朋友也不一定，还是忘掉他为好。想起自从和明轩他们旅行分别后，就再也没见过明轩。尽管一次次地想念，也一次次地责备自己，但萧然却从没想过要去找或打听明轩的消息。她认为，两个人是否能在一起，是一种缘分。一年了，明轩也没有一点消息，看来我们是没有缘了吧。萧然坐到电脑旁，在微博上敲下一段文字："我一直把你仰望／前面就是幸福的方向／我尽管曾经遍体鳞伤／可我依然把幸福向往……"萧然知道，对于明轩，或许也只能有这首诗的记忆了。"我怀念的朋友。"萧然在诗的结尾，补充上了这句话，她知道，仅仅是可以怀念罢了。正当萧然要关掉电脑时，微博上却突然出现了一句回复："您好，我叫明轩。是你写下的这首诗的主人。请问你是？"看到这一回复，萧然有些震惊与欣喜。她揉揉眼睛，仔细看清了每一个字，是真的，是明轩在作回复。萧然用有些颤抖的手也回复了一句："你好，明轩。我是萧然，一年前和你一起旅行过的萧然。"怕明轩已记不起自己，萧然硬是多说了一句。"你好，萧然。没想到会在这里遇到你。"两人你一言我一语，就这样一下子聊开了。

从与明轩的谈话中，萧然得知，明轩早已和女朋友分手，现在依然单身。他们聊了很多，但萧然只记得这些了。对于萧然来说，其他的都不重要了。更让萧然欣喜的是，明轩还主动约了她见面。频频相约中，两个年轻人都感觉到对方是自己要找的人，这次一定不要错过。就这样，两颗等待一年的心，终于相知相许了。萧然说："谢谢你，明轩。是你让我找到了幸福的方向。""也

谢谢你，萧然，也是你让我找到了幸福的方向。"明轩紧紧握住了萧然的手，心里有一种难以名状的幸福感涌遍全身。他们俩不约而同地朗诵起明轩的诗：

我一直把你仰望

前面就是幸福的方向

我尽管曾经遍体鳞伤

可我依然把幸福向往

……

　　阳光下，萧然和明轩手拉手，一路向前奔跑。他们快乐的影子，被阳光拉得很长，很长……

再见，春天

公园、沿河两岸的贴梗海棠开了，在阳光下，艳丽迷人。一只长尾巴鸟停落在开满红色花朵的海棠枝上，高声啼叫。不一会儿，另一只长尾巴鸟翩然飞来，依然落在那开满红色花朵的海棠枝上，与先到的那一只，距离不到一米。

春天来了！

冯宇琳注视着窗外，眼里的一切，是她熟悉的城市的味道。那个快餐店，那个卖冷饮的小姑娘，那个爱和漂亮女人调笑的理发师，那个十年如一日做小孩子布鞋的老人，还有脑子里那张天天对她微笑的面庞……

"十年岁月太匆匆，匆匆不与旧时同。我待明朝春已暖，泪湿衣衫梦几重。今别旧人不盼归，归去有谁折柳送。天涯至此各一方，山水无情桑梓浓……"冯宇琳没容自己继续想那个人，心里却充满了无限感叹。她收回目光，眼睛却落在了一个大红箱子上，箱子已经上锁，里面装着她的全部家当。家里什么都可以留下，唯独这个箱子，她一定得带走，这是她对他唯一的念想了。明天，房子的新主人就会住进来。她环视了一下，房子里确实没有什么值得留恋的了。她拉着大红箱，大踏步朝门外走去。

　　刚走到小区门口，邻居的小孩儿朝她冲了过来。"阿姨，今天叔叔怎么不送你，那辆黑色的越野车呢？"冯宇琳一听，脸色顿时尴尬了一下，但马上又恢复了笑容："阿姨一个人行，不需要送。"

　　不需要送，自己真的不需要送吗？冯宇琳不住地问自己。多年来，每天上班，都是由他开着那辆黑色越野车把她送到学校，下午再把她接回。他说，当老师很辛苦，每到周末，就从来不让她动手，都是做好了她最爱吃的菜才让她上桌。她在他身边享受着未曾体验过的体贴与关怀。别想了，缘已尽，莫再说。

　　冯宇琳努力克制着盈满眼眶的泪水，提着红色大箱子，朝车站走去。

　　"我送你吧！"刚进站，一个熟悉的声音传来，紧接着冯宇琳拉着的箱子被扯了一下。不用回头，冯宇琳也知道是谁。"不用！"她用力扯回箱子。"你不要那么要强了，好不好？"他略带愠色。是啊，自己是怎么了？自己不是一直盼着他来吗？人家来了，自己又是如此地决绝。分手是自己提出来的。这次，人家是打算送自己的，是自己坚决不同意，可人家还是依然坚持跟到车站来了。冯宇琳边想，眼泪边是控制不住，一个劲地往下掉。

　　"好了，就让我送你最后一次吧！别逞强了。"他温柔地说。"不需要，你走吧。"冯宇琳放大了声音，惹得周围的人都朝他们看了过来。顿了一会儿，他悠悠地说："那你保重吧，我走了。"看着他的离开，冯宇琳呆呆地怔在那儿，只任泪水恣意流淌。不需要，自己真的不需要吗？其实只是自己的自尊心在作祟罢了。十年前认识他，便愿为他一生守护。他告诉她，自己不能离婚，不能耽误她的人生。她说她不介意，他心里有她就好。五年的幸福

时光易逝，看着自己日渐流逝的青春年华，冯宇琳提出想跟他结婚的想法，他却无法做到……于是，痛苦的五年相互折磨，浓情蜜意日渐磨损。她砸坏了他送给她的所有东西，只留下了那个大红箱子，她说，这像结婚礼物。她用天下最难听的语言斥骂他，他忍受着，依然对她温柔体贴。他觉得亏欠着她，就任由着她。这次，她提出分手，他没有理由拒绝，只是，他内心少了一份多年的牵挂。哭累了，冯宇琳收拾了一下自己的情绪。事已至此，还留恋什么呢？既然在一起那么痛苦，不如放下。或许放下让两人都解脱了吧。

春天已经来了，车站旁边就是那条自己熟悉的河流，流水踏着春天的节奏，轻快地向前流淌。冯宇琳看着这一切，心情依然沉重。再见，春天！她心里默念着。这里的春天已经丰盈，自己的春天呢？在前方吗？

谁是谁的谁

一个环境幽雅的美容院包房内，几个女人正聊得起劲。

"哎，你看王姐这段时间真是容光焕发呀！看上去好像年轻了好几岁。是不是碰到什么喜事了，快与大家分享一下吧！"被称作王姐的女人忙接过话茬："哪里，只是去美容院做了两次最新款面膜。只是这面膜有点贵。""多少钱一次？"另一个女人忙问道。王姐故作神秘："其实你们也做得起，才一万八一次。""哇！天啦！"另几个女人只听得瞠目结舌。"老公是处级干部就是不一样哦。"几个女人酸酸地说。"还不是我家老李帮我弟揽了一个工程，我弟送来了点感谢费而已。哎，说到老公，我哪敢和周云妹妹比，人家老公才算是官嘛！"一直沉默没说话的周云，听她们这么说，脸是红一阵白一阵的。在这几个姐妹中，她老公的官是当得最大的，但她的穿着打扮却是最寒酸的。平时，姐妹中人家一件衣服不是上万就是好几千，而周云偶尔买上一件上千元的衣服，都得被老公数落："大手大脚地花，忘了我们曾经过的苦日子了？"因此，周云很少出门和这些姐妹一起，免得显得寒碜。这天也是被众姐妹强拉硬拽出来的。

周云回到家，已是很晚。周云的老公谭家民正坐在沙发上等她。见她回来，忙说："这么晚了，快洗洗休息吧。""休息，休息，一天就知道休息。也不晓得去活动活动。"也不知是今天受了姐妹们的刺激还是因喝了酒的缘故，周云一回到家就冲丈夫发脾气。"莫名其妙！"谭家民不理她，径直走向卧室。"你给我站住！每次一说到问题你就逃避。""你又哪根筋不对了？喝不了就少喝点。"周云一听谭家民说她喝酒发酒疯，更是气不打一处来："好你个谭家民，别以为你是个区级领导，你还不如人家一个处级干部。你看看人家王姐的老公，一个处级干部，她家里的哪一个亲戚没有沾她老公的光。再看看你，让你给我哥找个工作，你总是推三阻四，说我哥没文凭。当初还不是为了我上学，哥才没上大学吗？让你帮姐夫搞定一个合同，就你一个电话的事，你总是说要按原则办事。到底我是你的谁啊？"周云说完，坐在沙发上呜呜地哭了起来。

哭了一会儿，见谭家民没说话，周云又说开了："你看人家陈姐，老公仅是一个副处长，房子几套。你呢？冤枉当了这么多年的所谓官，一套房子还得让我这个小护士每月还贷款……"谭家民也不和周云计较，任由她哭闹。见她稍稍平息了些，便走到她身边坐下，语重心长地对周云说："你一直都是最懂我的。你想，我走到今天，不是靠我脚踏实地一步一步走过来的吗？我们都是农村走出来的人，能有今天已经很不错了。你不要总是和别人比好不好？希望你能理解我。""理解，理解，我已经理解你很多年了，还不够吗？不管怎么样，这次我弟弟公招的事，你得想办法办妥。你也不想想我弟是谁的谁？你的小舅子啊！"周云说完，赌气走进了卧室，并关上了门。

　　谭家民独自坐在沙发上，点了一支烟。随着烟圈的盘旋，谭家民想了许多。是啊，妻子说的也是事实，自己为官这么多年，帮朋友同事也办了不少事，但从未收过别人的一分感谢费。而家里人的事，他却从来都没照顾和关注过。他也知道，举贤不避亲，但真让他为了家里人去说情或做其他，他还真做不到。这次区里各部门正在公招一批人员，很多人报名，他的小舅子也在其中。他妻子周云也多次提醒他打几个电话招呼招呼，可谭家民却一次次地挂断即将拨出的电话。他明白，只要自己打个电话，小舅子的工作是绝对没有问题的。但他同时也清楚地知道，他是怎么一步一步走到今天，他清楚地记得自己在党旗下宣誓，记得上级领导找他谈话的情景，记得自己的就职演说……今天，他怎么能辜负上级领导和支持他的人对自己的信任呢？但妻子的话却也让他有些窒息。哎！谭家民掐灭了纸烟，倒在沙发上久久未能入睡。

　　今天是公招考试的最后一天了，一大早，谭家民就被妻子从沙发上摇醒。"记得打电话！"妻子撂下一句话就出了门。谭家民今天有个重要的会议要开，他收拾停当，拿上公文包，朝楼下走去。司机早等在那里，当谭家民要跨入车门的那一刹那，他猛地一回头，看到自己住的大楼耸入云天，旁边一幢正修建的楼房上，工人们早已开工，清洁工正辛勤地清扫着大街，一个商业店铺里正放着柔美的音乐——好人一生平安。谭家民看到这一切，笑了笑，坐进了车里，关好车门，对司机说："今天我开会，手机关机。甭管谁是谁的谁，都别找我！"

第五辑：我思故我在

　　做一根芦苇，立于风中。坚韧挺拔，或频频颔首，笑看人生过往，思虑世间沧桑。生命珍贵，每一次邂逅，都是美丽的相遇。愿携一生祝愿，走近你，或我，谱写生命的乐章。

最美人间四月天

四月的天气，让人从心底喜欢。风轻气朗，不燥不热，一切恰如其分。

早晨，出门就可以迎着一路的草木花香。洋槐、海桐、苦楝子……淡淡的，从你的鼻尖溢过，留下轻影微痕。你还没来得及细品，它们便轻轻悄悄溜去。你还是会忍不住呼吸，然后说，真好！太阳还没出来，晨风悄悄撩起你的衣襟，贴近你的心房，偷偷告诉你关于春天的秘密。看一棵小草的萌动，一棵古树的新枝，甚至是一声鸟鸣、虫啾，于是，在这个四月，你会触摸到那些如梦如幻、熏香迷醉的日子，你的心便被撩拨起来，飞得遥远。

"人间四月闲人少，才了蚕桑又插田。"你看，那些安静的村庄，小狗也不和猫儿打闹，默默地蜷伏在村旁。泛青的田和土，刷新着人们新一年的希望。大豆、水稻、玉米、丝瓜、南瓜、番茄，在密织的细雨中，悄悄地就会把你带到一个丰硕的世界。老牛带着小牛，跟在主人身后，脚步轻缓而有力。

不知不觉，时间在忙碌中流走，日子轻快而明净。

一天下来，累了，慢下节奏。那些干净而温和的阳光，正好从窗外斜斜地照进办公室，落在翻开的书页上，迷离着我喜欢的那几行文字，成一道风景。每当这些时候，我总是可以慢下来，捧着书页，把轻轻浅浅的时光，交付心灵，叩响生命的风帆。

父亲曾说，四月的时光，正好读书，女孩子，多读些书，总是好的。于是，父亲在大方桌上写字，教我们读诗。一个懵懵懂懂的女孩儿，体悟着字里行间流淌的几多情怀，憧憬了一个多情而温暖的世界。

四月里，樱桃熟了。这些新鲜的还带着柄的小果子，经过盐水浸泡，晶莹剔透，红润生香。不急把它送入口，凝眸一时半会儿，付几许浅情深种，即愿它成为我记忆中细数的幸福时光。同事进来，把红通通的樱桃捧送至她手上，笑容在她脸上灿烂，快乐从手心萦绕全身。简单而平凡的一天，就这样在暖暖的感动中，收获生活中满满的真意。于是，煮上一杯咖啡，看热气袅袅升腾，办公室顿时弥漫着阵阵浓香。方糖的甜，咖啡的香，合奏出一曲浪漫的歌谣，慢尝，氤氲心田。

窗外，雨后的爬山虎，泛着新绿，恣意地表达着自己对那面墙的心意。那朵新开的玫瑰，面带娇羞，在清风里梳妆。一枝从墙外伸进来的三角梅，牵着阳光的手，尽情弹奏春天的赞歌。几只鸟雀，绕着它们，甜蜜低语！

人间四月天，不需要太多思维，一场细雨，一缕阳光，一树花开，一声鸟叫，你就来到一年中最美的时光。你不需要想起林徽因，不需要吟唱"你是爱，是暖，是希望"，一个眼神，一种感受，你的四月，便是人间最美。

城市的味道

我生活的城市——万盛，不大，却精美雅致，干净卫生。在城中心走，从街头转一圈到街尾，也就走一个小时左右。而我每天下了班，习惯绕着城市的路，慢慢悠悠回家。其实我家离上班的地方，仅有步行十分钟的路程，我却常常要走半小时，一小时，甚至两小时。不是我走得有多慢，而是我回家有多条路可走，有的近，有的远。每一条路我都喜欢走，走在每一条路上，边走边看边想边呼吸，一路走下来，城市的味道在胸中萦绕，顿感内心丰盈。

我走得最多的是万新路到新田路这条道，家在万新路，工作在新田路。两条路挨在一起，仅用十分钟，万新路走五分钟，新田路走十分钟，不用过马路就可以走到彼此。这条路是万盛存在时间较久远的城市道路，万盛比较早的单位如二轻局、劳动商场、工商银行、人寿保险公司、人才市场、104 中学等都在这条路上。两边的房屋较为低矮，除了我们住的"都市星座"大楼外，基本没有高楼。房屋保留着几十年前的原样，基本没有翻修或原址重建。两边树木高大，自然成荫。炎热的夏天走在这条路上，也是迎着一路清凉。路的两边皆是做生意的门店，卖花的，卖小饰品的，卖蜂蜜的，卖布料的，卖凉席毛巾的，卖厨具家具的等等，应有尽有。这些门店中，还有一些餐馆，如火锅店、面馆、家常菜馆，也足有十来家。再加上十来家卖服装的，让这条虽显陈旧的路，依然能保证每天的行人络绎不绝，各个店面人气十足。

在这条路上，最让我们流连的是一家石磨豆花馆。每天上班，刚下楼，豆花的香气便迎面飘来。仅走几米，就能看到这豆花馆的老太太烧着一大锅豆花，慢悠悠地用卤水点着，旁边的石磨刚被清洗干净。见我路过，老太太总是朝我笑："上班了呀？回来吃豆花哦。"我也总是微笑应和，当然也常和家人一起光顾这家豆花馆。石磨豆花，果然好吃，不老不嫩，卤水点得恰到好处。吃进去，口感香甜，重要的是可以吃出母亲的味道。老板热情厚道，也像他母亲一样见人总是笑容可掬，因此，他家的豆花馆门庭若市。我总是夸他们家豆花好吃，他们也总是在收费的时候给抹掉零头。一来二去，我们便成了熟人。

我还喜欢绕着另一条路回家。

这条路由新田路，到万新路，再到万东北路、勤俭路。一路走下来，得一个小时左右。这条路显得宽敞明亮很多，路面很宽，人行道也宽，且干净整洁。走过的人都叹羡：国家卫生城市可不是浪得虚名。路的两旁有大型的超市、服装店、鞋店、饭店、金店、文化广场、百货商场，还有人民医院和万盛最大的小学。在这条路的两边，高楼大厦鳞次栉比，路上车水马龙，一派热闹与繁荣。这是万盛城里最早的一条主路。虽然多数建筑已以旧换新，但从一些小巷子穿过时，依稀可见曾经的沧桑面貌。那些新的高大建筑，足可以见证万盛这几年来的飞速发展与变化。

我很喜欢走这条路，我喜欢看到那些在时间与空间里穿梭奔往而渐变的人、事、物，看他们用生命与努力描绘生活的色彩，

谱写城市的光影。或许斑驳，却异彩纷呈。

每当走上这条路，我总是喜欢在立泰大厦门口驻足一阵。立泰大厦原是一个大商场，不知何故，大商场变成几家小店面。我到万盛十多年，这些小店面也曾几易其主，各自经营不同的商品。我倒是很少走进去，只在门口驻足。在大厦门口，有一位老婆婆，她总坐在大厦门口的一条小凳上，低着头，一针一线专注地缝制小布鞋。她面前摆放着十来双大小略有差异的小布鞋，均属1~3岁小孩子可穿。这些小布鞋鞋面花式各样，漂亮耐看，鞋底针脚紧密。整个鞋子精巧别致，拿在手里像饰品。自我十多年前第一次看到老人在这里卖小布鞋，直到现在，她都一直坐在这里，只是头发花白了很多。路过的人看到这些小布鞋都赞叹说，好漂亮的小鞋子！我每次路过都会在这儿蹲下身子，有时会买上一双两双，送给朋友的小孩儿，有时想不出我身边还有谁家小孩子可以穿这样的鞋子时，就只是拿着看看。每次看着老人专注的神情，慈祥的脸庞，都会有一股暖流在胸中游走。在万盛，不知有多少小孩儿穿过这位老人缝制的布鞋，一针一线，温暖的不只是某个孩子的双脚，而是点染了这座城市于家的温馨。

如果时间充足，我还可以沿着新田路，绕到西城大道，再经塔山路、万东北路、万盛大道回家。这条路可经过万盛公园、49中学、万盛博物馆、行政大厅、子如广场等。这条路上，视野开阔，落落大方。行人车辆往来甚繁，倒是不会拥堵。

在万盛，每一条路都有不同的味道，或清淡，或浓郁，或温情脉脉，或清雅明净，每走一步都可以看到鲜活的力量在前行，不会面孔趋同。走在不同的路上，深深呼吸，便会令人神清气爽，收获全新感受。

灯 光

国庆以来，一直不断的阴雨让今年的秋过早地笼罩了小城。晚上不到七点，站在阳台上向外望去，小城已是万家灯火。纵横宽阔的道路上，路灯早已亮了起来，路上已少见行人，只有一辆辆小车在亮堂堂的灯光下，疾驰而去。

我很喜欢站在阳台上看灯光闪烁的城市，让灯光照亮我的周围，心里才能踏实。

女儿做作业时，常开着日光灯的同时又开台灯，把屋子照得特别亮。我问女儿，知道煤油灯吗？她说不知道，书里说到过，光线很弱，不适合照明，但没见过。我说，我小时候就是照着煤油灯学习的。

二十世纪八十年代初，我生活的农村还没有通上电灯，天一黑，整个村子就是漆黑一片。偶尔有星星点点的光在村头角落亮起，但都是一闪一闪的，看着瘆人。那是村里人家的煤油灯发出的微弱的光，照亮的范围极小，极怕有风。一旦遇上有风的日子，村子里就真的是一片黑暗了。这种时候的我，晚上是绝对不敢开门的，爸爸妈妈让我出门去拿点东西或其他啥的，那是打死我也不去的，可以说黑暗让我恐惧到了极点。

那个时候我们家特别穷，家里仅有一盏煤油灯，且都是妈妈做饭时用。为了早一点写作业，我就自制了一盏煤油灯。是用空的墨水瓶倒上煤油，用铝皮裹成管状，把墨水瓶盖穿一孔，然后把棉线在煤油中浸湿，穿过铝管和瓶盖，上面留一小截作灯芯，下面一截浸在瓶子里。这样，一个简易的煤油灯就做好了。

在这个简易的煤油灯下，我读书，写字，给远在云南的爸爸写信。每当这个时候，妈妈就坐在身边，同样借着微弱的光缝补衣物或做鞋垫。可以说，这煤油灯微弱的光，给我留下了一个个温馨怀念的夜晚。

几年后，爸爸从远方回来，家里的条件得到了改善，电灯也用上了。记得村里的电工把我们家电灯接上的那一瞬间，我们全家都兴奋得不知所措。我欣喜地不断拉开关，拉了一次又一次，打开，关上，又打开，又关上。那天晚上，爸爸说，第一次用电灯，还是作个纪念，他饶有趣味地在大方桌上写下一首打油诗：一丝一线绕千家，每到夜晚像开花。照亮千门又万户，人人见了人人夸。写罢，还高声教我们几个小孩子念，说，记住了，以后考你们，看谁的记性好。说完，还自顾自地在那儿哈哈笑上一阵。我知道，那是爸爸真正的开怀。

随着改革开放的春风不断吹来，国家对农村的优惠政策越来越多，我们的日子也越过越好。老家的房子也在原址进行了重建，以前的土坯房早已不见踪影。两层小楼里，雪白的墙壁上安上了漂亮的壁灯，装上了窗帘。

我每次回到老家，看到村里到处都是小洋楼，好多家的楼旁都停着小轿车。每到夜晚，家家户户灯火明亮，有的家里还买了

音响设备，经常听到卡拉 OK 的歌声嘹亮。我知道，农村的日子是越过越红火了。

"今天吃了晚饭再走。"近几年回老家，爸爸总是留我们吃晚饭，这话都成了他的口头禅。他说，现在又不怕黑，晚上不到七点，公路两边的路灯就亮了，几米一盏，开车回家都不用开远光了。

是啊，我们家在万梨公路边上，约八十三公里的万梨公路两旁，一路全安上了路灯。一到晚上，这条路就像一条火龙，蜿蜒盘曲着，绕过村村镇镇，照亮着人们各自回家的路。

一束灯光从远处扫来，我站立的阳台顿时亮如白昼。原来，是公园上面的激光灯又开始工作了。激光灯照到的每一处，色彩鲜艳，如此明亮。我不禁感叹，有灯光，真好！

离　别

　　"当花瓣离开花朵，暗香残留……"听着沙宝亮充满磁性的男中音，我心底蓦地生出几分伤感来。其实，这种伤感积蓄了好久。

　　过年前的一天，一个新同事因特殊原因，告别才来工作几天的办公室，端着收纳箱，默默离开。我送至走廊，暗祝保重。这个新同事，来这里工作，对他无疑是一个成长的机会。而这次的放弃，自己的人生或许就注定平凡。在之前的一次与他闲聊中，他自己也意识到现在的岗位于自己的重要性，但最终还是选择离开。有无奈，或许也有坦然。虽然我一直认为，一个男人，还是应该有自己追逐的梦想、成功的事业，但他既然选择，我还是祝福他："是金子，在哪里都会发光的！"

　　离别，不只是一个优雅的转身，就告别了所往。有多少复杂的情怀，还会在心头缠绕，但这些多半是鲜为人知的。一个人的处事经验、气场、尊严，或是性格使然，大部分的伤痛，都会独自舔伤，顾影自怜。更或许有其他太多的情绪，我们是道不明的。

　　再往前几天，我的直接领导和主管领导也因工作的需要，调任其他部门。我们都说着祝福的话，领导也看似满面春风，但他们内心真正的想法谁又知道呢？春节前一天，机关开展了迎春联

欢活动，我们本是邀请了调离的领导来参加，可不知是什么原因，最终他未能到场。我们都懂，领导有领导的想法，领导的心思是缜密的，他不来，自有他充足的原因，我们也不能随意猜度。但我们不难想到，到了新的部门，领导有新的疆土需要开拓，他不能总是把心思停留在过往。尽管我们知道领导是一位重情重义的人，听他讲话，像在聆听长辈教诲。我们也知道，他在这两年的工作时间里，跟同事们一起的幕幕温情，总是会触及他心中最柔软的芳草地。但我们也知道，他不能一味沉浸在一些怀念当中去浪费时光，他的时间还应该在新的领域之中。他还年轻，用他的时间和智慧开疆拓土，是他的使命。

　　而另一位领导，虽还在本单位，但已不做原来的工作。看着她离开办公室的前几天，整理收拾自己多年在这间办公室、在这台电脑上流下的汗水时，我都不敢去与她的目光对视。这里，留下了她与同事们辛勤工作的多少痕迹，轻触之下，便会涌现。而之后，这一切都将被尘封起来。看着她忙里忙外，我们同科室的几个人都不说话。我们都知道，她是多么热爱她的工作，每一件事她都是用生命在做。晚上加班，周末加班，她从无怨言。她的多少幸福感都是从这里生发的。离开，对她来说是多么地残忍，但又是必需的。我们都认为，她应该是惆怅的，这种情绪，她得用一阵子来调整。没想到的是，在参与新的工作和一些活动时，她开心地拍照，发群，发空间，丝毫没有一点失落的情绪。看着她又重新投入到新的工作，我真为她开心。她豁达的胸怀与工作的激情，又一次点燃我对她的敬意与祝福。

　　我一直对别人说，我是一个幸运的人，走到哪里，遇到的都是好人。到现在的单位工作了一年，领导的关心、关注，同事的友好、善良，都让我成天心情愉悦。而现在，我将离开这里到新的单位工作。我希望我有一个新的开始，但心里却总有一些难言的不舍。

春节放假的前一天，领导体恤地说，家远的，有重要事情的，都可以不用来上这一年的最后一天班了，大家都辛苦了，好好过年去吧。其实那天，去了单位也没什么重要的事，何况我已完成工作的交接。可是，我依然早上八点到了单位，我依然中午留守在办公室。领导问，你离家那么近，为什么不回？我笑着说，就是想在办公室多待一会儿。直到下午，办公室多数人都走了，我终于提上我的几本书，与办公室告别，与同事告别。走出大门，回头朝办公大楼望去，它依然静静地矗立，给人以肃穆之感。看着，想着，我曾在这里每天进出，以后将不再有我的身影，心一下又黯然了，赶紧移走目光，让自己的思绪飘飞到远方。

短短一个月不到的时间里，我历经身边多次的离别，每一次，总是会触动我情感中脆弱的弦。有人说，离别是为更好地开始。我想，是的，愿我及我的那些离别的朋友，每次的离别，都会是一个新的、美好的开始。同时我相信韩寒在《后会无期》中说的："你在记忆里，未乘时光去，此去不经年，后会便有期。"离别，也只是暂时的，离别也是为了以后更好地相见。我相信，一定是这样的！

遇见生命

　　清晨起床，去给阳台上的花儿浇水。我突然发现，被我闲置一边且已干枯好久的茉莉花，居然从根部发出了几粒新芽，嫩嫩的，绿绿的，煞是可爱。两个月前，我看着它的叶子变黄、干枯、掉落，随后花枝也由绿变灰，没有了生气。我断定它已枯死，于一个月前搁置一角，不去理会。我暗想，茉莉花开起来也是蓬蓬勃勃的，谁料它竟是这般的娇弱，花开一季，便香消玉殒，魂归尘泥。对此，我于茉莉，终是少了些许的怜爱与疼惜。

　　我喜欢养花，但不多，就那么几盆。米兰、栀子、桂花、月季，终因没有太多时间和精力去拾掇它们，我很少见到它们长得枝满盆钵的盛况。但我还是常用淘米水喂养它们，它们也还解风情，会时不时开出几朵花来，让我欢喜一番。前些天，很久没见花开的香桂，也悄然绽放出两朵米黄色小花来，藏于绿叶间，不留心注意的话倒是很难发现它们。

　　这一次，没想到我已弃之于墙角的茉莉，却如此坚强地重临我的眼前！

　　我甚是感叹，生命如此，已足！于是，我想到种子的力，解剖学家和生物学家用尽一切办法都无法分开的头盖骨，种子的力

却能将之完整地分开。为了生命的体现，不只是破土而出的简单，那是人类所有机械的力量所不及的强大的动力。是坚贞不屈？是能屈能伸？还是对新生活的渴望？我想，也只有当事者才能完美诠释。

比如，这盆茉莉。

我俯下身去，看着花盆里那几粒新长出的芽，纤弱而柔美，充满无比的朝气。再看看乱蓬蓬枯萎的枝，狰狞而抑郁。没想到，新绿与土灰竟是如此的鲜明，生命与死亡竟是如此的厚此薄彼。茉莉，赋予了我对生命的另一种认知与期盼。

昨天凌晨五点五十分，接到父亲打来的电话，说三爸过世了。我不敢相信这是真的，猛地从床上坐了起来。三爸，不太爱说话，每次在老家见到他，他都在默默地做事，或是正出门，或是正背着一大堆东西回家。虽然很瘦，但也没听谁说起过他有啥病痛。才六十五岁的年龄，怎么可能就这么走了。父亲说，三爸头一天晚上还在做事，忙忙碌碌，谁知怎么睡下后就没再起来。我面对喉头哽咽的父亲，一句话也没说得出来，直至挂断电话。

生命就这么没了？真的没了！如此脆弱，仅隔一个晚上！

我赶到老家，去看已躺在冰棺里的三爸。他双目紧闭，面容安详，像睡着了一般。已去世的他看起来并不可怕，与平时没有什么两样。但他确实是死去了，与我们阴阳相隔，永不能相见。他会不会像那盆茉莉一样时隔三五日，或是一两月，重新获得生命？我被自己的想法吓了一跳，赶紧理了理思绪，已然无了思绪！

紧挨小山的天边，几朵白云悠然飘飞，时缓时急。白云有没

有生命？或许有吧。应该说世间万物皆有生命。而对于万物来说，生命却有不同。茉莉的生命，在于那一抹抹的新绿；小草的生命，在于春风吹又生；玫瑰的生命，在于它美好的爱情；蜡烛的生命，在于它燃烧青春，奉献光明……三爸的生命，在于他六十五年经历里的欢笑、痛苦、简单、勤劳……我们应该相信命运，他在创造生命的时候，都给予了每一个生命以意义。短暂的也好，永垂的也罢，坚强的也好，脆弱的也罢，积极的也好，消极的也罢，个中滋味，冷暖自知。我们，也无权评说。我们，仅应该给予每一个生命以深深的祝福，缘起缘灭，生命如斯！

　　已下了好几天雨，今天阳光灿烂而来，真正的夏天到了。世间万物，或许也该要经历酷暑的煎熬了。

一切那么美

  几天阴雨过后，阳光含笑而来。阳台上的米兰又开了。淡黄，小粒，微香。我总喜欢每晚趁着夜色，站在阳台上看它们。说是看，其实也看不太清楚它们具体花开哪朵，香飘几枝。只是记得它们的位置，我便能笃定我内心的欢喜，确定我目光的方向。这个时候，我总是很安静，安静地与米兰虚度时光，安静地倾听它们花开的声音。

  一切那么美！

  电梯行至一楼，正走出，刚好看到同住一楼的高中女生，背着一个大吉他，从阳光中走来。她柔顺的长发，恰到好处地自然垂落在双肩。姣好的面庞，一双明亮的大眼正闪动着青春的光芒。看到我来，她的笑容灿烂而真诚。"阿姨好！"温柔而甜美的声音，更是让我感觉有春日和煦。

  一切那么美！

  午睡醒来，一缕柔和的阳光从窗子进来，整个屋子便温暖了起来。我伸出手，阳光正好可以照到手上。穿过手指的光晕，轻柔地照亮着屋内的一切。透过光晕，我可以看到点点星光般的尘粒，在空中飞扬。我当是它们带给我午后暖阳的轻歌曼舞，或是

窃窃私语。看着这些曼妙的身姿，我蓦地开心起来。深深地呼吸，啊，阳光的味道真好！

一切那么美！

夜晚，朋友发来微信，说，不想动手机，但又情不自禁打开。我问，为何？朋友说，已然成习惯，每晚问候，今天可好，方可安心。我笑了，很开心。总喜欢与朋友闲说，工作和生活的琐碎烦恼，身体出现的异端状况，为此滋生的幽然愁绪。朋友说，不开心都可以向我诉说，我会一直在这里！顿时，幸福满满，眼里有泪溢出。

一切那么美！

人的一生，总会有几多沉浮，几多困惑，几多委屈，几多痛楚。但，我们总应相信，我们在生活中，多存善念，常施恩德，学会欣赏，心怀感动，我们每个人，就总会拥有诗和远方！

小仓鼠之死

《道德经》说：人法地，地法天，天法道，道法自然。真不假！

这几天，我一直在想一件残忍的事，因此心情一直沉重，以至于身体也不得安宁。.

远游云南时，看到盆栽的菊花开得漂亮，欲买来养着。老板说，仅可观赏一两个月而已。我不信，不远千里，固执地带回，尽管我精心呵护，但不到两个月，它终是成了枯枝败叶。

家里的四季兰倒是开得繁盛，细长的枝叶间，三四个花枝上各有两三个花苞，次第开放。香味不浓，常常要走近了才有清香怡然心房。我很喜欢家里有这样的兰。遗憾的是，已然盛开的兰，也未能开解我心里的沉重。

我又情不自禁地走向仓鼠笼。那只出生不到一个月的黑色小仓鼠，从笼子的下层到上层，上层到下层，自如来去。它还可像它父母那样灵活地爬上跑步机，撕开四腿奔跑一阵，再下来。来回往复，甚是欢喜。可见它已具备独立生活的能力了。

然而，笼子里只有这只黑色的小仓鼠，原本是两只的，一黑一白。

那一天，当我的目光自然落到养有仓鼠的笼子时，我惊喜地发现，多了两个红红的蠕动的小东西，我顿时明白，养了近一年的仓鼠做父母了。两个小东西吱吱地叫，刚出生，还没长毛发，眼睛也未睁开。看它那小小的可爱的样子，我盼望着它们早点长大，长出父母一样漂亮的柔软的毛，睁开圆溜的小眼睛。我想着，不久后四个小东西在笼子里上上下下，那将是一番怎样热闹的场面。

一个星期的光景，两只小仓鼠长出了细细的毛，只是还不够长，但足可以分辨出它们的毛色，一黑一白。它们的母亲或父亲常衔着它们上上下下，总也不会伤着它们。当笼子里安静下来，我总是看到两只小仓鼠蜷缩在大仓鼠腹下，或是在吃奶，或是在取暖。在渐渐有秋凉的空气里，怕冷的仓鼠总是会有办法照顾好孩子。

我很喜欢蹲在仓鼠笼旁，静静地看着四个小东西甜蜜地挤在一起酣睡。我不会发出一点声响，去惊扰它们的好梦。

再过了一些日子，一黑一白两个小东西，身上的毛已长得细密、光滑，两双小眼睛四处张望。它们也四处乱窜，在笼子的木屑里找寻吃的。

天已大亮，我习惯地去与小仓鼠打招呼。两只大仓鼠还在呼呼大睡，那只黑色的小仓鼠正在津津有味地吃着什么，却不见那只小白鼠。我在笼子里四处寻找，也不见其踪迹。我急得打电话给孩子他爸："你把白色的小仓鼠带走了吗？"他前面说过要送人。"没有啊！""那怎么笼子里没有呢？"我正不得其解，突然想起朋友的话："一定要喂饱大仓鼠，不然它们会吃掉小仓鼠的。"我吓出一身冷汗。再次俯视仓鼠笼，待我仔细去瞧小黑鼠吃得上瘾的东西时，我看到了两条细长的腿和后半个小身子……我顿时眼前一黑，跌撞着瘫坐在沙发上，久久回不过神来。

"我常看到它们的父亲或母亲衔着它们上上下下，悉心地照料，怕它们冷，怕它们饿，它们怎么可以……"我哭着给朋友发去短信。我不敢想象，作为父母的大仓鼠是如何咬断它们孩子的脖颈、头、前腿……

"它们始终是动物，大的吃小的，这很正常。留强去弱，也许正是它们的生存法则。它们和人不一样……你别难过了。"朋友劝慰我。"可我明明看到它们曾经是那样地相亲相爱……"我依然固执地相信这不是真的，无法眼睁睁地去相信和忍受我眼前的这样一种生存法则。我的内心升腾起一种无可言说的疼痛。

今早没有风，却觉得冷，我赶紧拉拢外套。冷空气里，四季兰的芳香依然在我鼻尖萦绕，久久不去……

梦　想

工作出差到都江堰，晚上我们一行八人找了一个江边大排档，坐下边吃边聊。

"姐姐，听歌吗？"刚吃到一半，旁边突然有一个弱小的声音传来。我扭头一看，身后不知何时站着一个姑娘，二十多岁的年纪。"不用，我们在说事呢。"这种餐桌旁要求听歌给钱的事，我们也司空见惯，于是我一口回绝了她。

"那好的，打扰你们了。"姑娘带着歉意地转身离开。余光里，我看到她想要跨过一个台阶时，动作明显慢了下来，她顿了顿，抬起左脚试了试，觉得安全了，才迈过去，然后抬右脚……动作那么僵硬，与她那二十多岁的年纪显得极不相称。我和同桌几个人都不约而同地转头去看。

我的心猛地一震。

不锈钢假肢不动声色地显露在我眼前。这可是一个二十多岁的姑娘！

我为我刚才的拒绝自责不已！

此时，她正走向我们的邻桌，准备弯腰询问："大哥，你们听歌吗？"

　　"姑娘，过来。给我们来一首。"还没容我的大脑回过神来，同桌的本地人岳师傅就朝姑娘招手。只见岳师傅边从包里掏钱边对我们说，这是一个安徽姑娘，在2008年的"5·12"大地震中失去了双脚。据说她当时来这边打工还是走亲戚时，就遭遇了地震。从此便没有再回去。听岳师傅这么一说，全桌没有人再说话，都静静地等待着姑娘。

　　"你们想听什么歌呢？"姑娘再次来到我们桌旁，声音依然是弱小的。说罢，递过来一张歌单。我朝她认真看过去。姑娘一米六左右的身高，一件淡粉色长袖纱衣罩在她单薄的身上，白净的面庞，五官娇小而端正，齐腰的长发恰到好处地分散在她后背及双肩上。

　　这是一个极美的姑娘！

　　"那我就给大家唱首《感谢》吧，感谢你们的支持。"见大家都没说话，姑娘自主选择了歌，调试了一个简单的小音箱。伴奏起，姑娘也随之唱了起来。"在这灯光闪耀背后，在这华丽舞台前头，一路走来很久很久，有你陪伴有你守候……"歌声婉转悠扬，柔软多情，和着岷江水哗哗的声音，拨动了在场所有人的心弦。大家都安静地听着，似乎都不是在听一首歌，而是在听着一个十年前的忧伤故事。

　　"5·12"地震过去已经十年，那一个对于四川乃至全中国来说的历史性的灾难，没人提及，谁都不愿提及，那灾难给每个人带来的痛楚，是一种撕裂般的痛。十年了，让痛楚沉积也好，消散也罢，我相信每一个人心头的痂已经结好，坚强起来，团结拼搏，重整旗鼓，再次出发，是我们今后笃定的方向。

一曲歌毕，我们对姑娘致以热烈的掌声。她笑了笑，再次深深鞠躬以示感谢。她的脸上没有失去双脚的沉郁与痛苦，她是阳光的，就像歌词里说的，"感谢现在以后风雨同舟，明天的梦一起追求……"姑娘心里有梦，她在阳光中追寻。

"姑娘，我们要点歌。"姑娘这边刚停下，邻桌就有人在大声叫她。"好呢，来了。"姑娘应着声，提着小音箱，去到他们桌前。那桌的人比我们人多，热闹。他们欢呼着，点歌、唱歌，有的还和姑娘对唱。看得出来，大家都很喜欢她。姑娘也乐呵呵的，从从容容地唱了一首又一首。

"让我再为你们唱一首《成都》吧。感谢你们对我的支持，谢谢你们。"姑娘心存感激，拿出一个大吉他，免费为大家唱起了民谣。

"让我掉下眼泪的，不止昨夜的酒，让我依依不舍的，不止你的温柔……你攥着我的手，和我在成都的街头走一走，直到所有的灯都熄灭了也不停留……"姑娘动情地唱着，我们静静地听着。至于大家各自想起些什么，这并不重要。直至最后，我也不知道姑娘叫什么名字，她一个安徽姑娘为何到成都来？现在住在哪里？为何不回家乡去？一个接一个的问题在我脑子里萦绕，但这些我都不得而知。我只知道，这个姑娘，她虽没能像廖智她们一样重新走上绚丽的舞台，但她却能安好地站在四川这片土地上，以自己温和的笑容，甜美的歌声，融入这片天空下，和四川人共呼吸，同成长。

或许，这就是她的梦想。

端午节怀想

　　但闻粽子又一度飘香，思绪会不由被感染上几分传统的味道。在久适了功利熏染的日子里，这种传统的味道依旧很纯香。

　　熟悉的三元桥头，好久没这么热闹过了。艾草、菖蒲等植物已摆满了桥头，一种浓郁的草药香扑鼻而来。看人们依然记得买上一把艾草或菖蒲，悬挂于门上，我相信，这些草本的东西，并没有传说与想象中的驱邪祛病的功效。但我也相信，人们一旦买上了它们，一家人一年的身体保障好像就上了一份保险。让人没想到的是，这些草木的东西，生命本是低贱的，它们谁也不曾想到，自己会在端午这天成为座上宾，那么多高贵娇嫩的手会与它们亲密碰撞。或许是为了心头的那份安稳，每年端午，我也会买上一些艾草之类的挂于门上，尽管我每年都不会用上它们。过不了多久，这些草本的东西就会在门上干枯，掉叶。但它们依然散发出的那种让人神清气爽的药香，以及历史赋予它们的神圣，总会让我对这些普通的草本予以仰视。

　　端午时节，每家的桌上，粽子是少不了的。粽子依旧是四个角。我们不会追究四个角的来历，它是属于知识的范畴。一旦把粽子与知识联系起来，就显得过于庄重了些。粽子给予我们生活的，应该是一种享受，应该是轻松而闲适的。粽叶，糯米，自从有了屈原，它们就成了原配。它们的完美结合，成就了中国两千多年的传统文化。每次，粽叶的清香，经过沸水的热煮，就会穿透它包裹的每一粒糯米，把自己所有的香醇都完完全全地释放到每一粒米的每一个细胞。这样，粽子诱人的清香味就会让人难以抵挡。每年端午时节，家家户户粽香四溢，这也就不足为奇了。每年，我也总会吃上三五个粽子，不是因为喜欢吃，而是为心中那种根深蒂固的传统情结吧！

今年的端午，没有端阳水，空气比往年干燥了些，但也为人们的出行提供了方便。在我出行前，总会接到母亲打来的电话。母亲说，你来就不要买粽子了，家里有呢。母亲知道，我会在每年的这个时候买上粽子去看她。她总是记得提前给我提示，怕浪费。我总是买，母亲总是说，母亲或许认为也总是浪费的。其实母亲不知，端午的日子里，儿女们提上粽子去看望她，那不是浪费。小小的粽子里，包裹的，是儿女们一辈子不变的情怀，磐石不移的亲情，以及天荒地老也不逝去的感恩。尽管母亲嘴里不停地责备，我每次也只是听在心里，依旧我行我素。我知道，母亲心里总是乐的。"你女儿又给你买粽子来了？""买了买了！"每次，母亲从我手里接过包裹，听到旁人这样的问话时，看得出，母亲总是洋溢满脸的幸福。

端午时节，思绪悠然。阵阵飘然而过的端午纯香，伴我入梦。于是，梦便有了异常的甜蜜、温馨！

一树梨花春带雨

春天来了！雨在夜晚沙沙地下了一场，白天，雨走天晴，万物清透。关坝镇雷风垭山上的两百余亩梨树已开始发出新芽。

还未到上元节，机关工作人员该上班的也上班了，但三三两两的老百姓依然提着礼品，趁着春日艳阳的大好天气，悠闲地走亲串友。

已打了好几个电话给我同学田友了，说，趁春节期间有空，去看一下他们。得到的回答都是这几天忙得很，正天晴，要给梨树打药了，错过了时间，山上几百亩梨子就没有好收成了。

田友是我的小学同学，三十年后第一次见到她时，我还是能一眼认出来。她还是以前的样子，只是显得清瘦、沧桑了些。她说，初中没上多久就辍学在家，在家待不下去，没两年就嫁给了现在的男人。雷风垭山上那片梨树就是他们夫妻俩多年来的劳动成果。

"现在过得好吗？"我问。

"好，只是还是辛苦，特别是苦了他了。"说到现在的生活，田友的脸上露出了笑容。我知道，田友话里的他，是她的男人。几十年来，她和她男人走过了很多艰辛的路。但她现在的笑容，是从容的，发自内心的。现在，她虽然也辛苦，却从内心由衷地感到幸福。因为，她嫁了一个好男人——犹绍华。

犹绍华，关坝镇兴隆村人，出生在二十世纪七十年代初，近一米七的个子，不胖，却显得敦厚、朴实。圆圆的脸庞，目光温和之中充满坚毅。见到他时，他正给山上的梨树打药归来，满身泥土，一个普通的农民形象。然而，就是这个普通的农民，却在2017年12月被授予了"全国农业劳动模范"称号、在北京受到习总书记握手接见过的响当当的知名人物。他，也是重庆市雷风垭生态农业家庭农场的主人，万盛经开区关坝镇有名的农业种养大户。

说到犹绍华，整个关坝镇没有人不识他。"犹绍华啊，关坝镇的种养大户、创业之星啊。""犹绍华，优秀青年星火带头人嘛。""犹绍华，创业致富文明示范户呀。""犹绍华，优秀政协委员嘛。"说到这个看似普通的名字，却被人们说出无数的头衔。然而，满墙的荣誉没有让这个农民的儿子沾沾自喜，反之，他认为这是对他工作的另一种鞭策。犹绍华说，现在，他肩上的任务更重了，要是不好好干，愧对墙上的这些鲜红的印章啊！

看着这个朴实无华的中年男子，我看到的，倒不是他身上的全国农业劳动模范等荣誉的光环，而是他赤手空拳和他老婆一起打下的那片天地里，蕴含的他那不屈不挠的坚定信念以及敢作敢为的创业精神。这，才是他真正的财富。

创业艰难，或许是每一个创业成功的人感触最深的，犹绍华也不例外。"当初为什么选择农业这条路子来开创自己的事业呢？"我问。"哎……"说到这儿，这个成功的男子沉默了。

这个农村长大的孩子，十二岁就没了父亲，靠母亲羸弱的肩和少不更事的哥哥姐姐以及妹妹一起过着苦日子。"穷人家的孩子早当家。"这话说得没错，犹绍华初中毕业后就开始挣钱养家。卖菜、到建筑队搬石头、下井挖煤这些苦力活他全干过。"这些活既费力又挣不了钱。"自幼聪明的犹绍华暗下决心，要换一种挣钱方式。他看到侄儿拉煤卖挣钱不少，只是很辛苦。他想，只要自己不怕吃苦，一定能挣钱。说干就干，他用从各处筹来的几千元钱买来拖拉机，开启了他拉煤挣钱的历程。

"确实是运气好。"犹绍华说。从 1995 年到 2000 年，就靠着拉煤卖，他就挣了好几十万元。大家都夸他有聪明的头脑，过上好日子了。然而，正当大家羡慕他之际，犹绍华却做出了一个惊人的举动，卖掉了自家的三台拉煤的卡车，他要开荒种地。原来，犹绍华相中了关坝镇兴隆村雷风垭的两三百亩山地，他和村委会签订了这片土地四十年的经营权，他要把这一片开发出来，种上果树，让这里成为一片果园。

"你疯了吗？你一个农村长大的孩子，种地还没种够吗？"母亲首先反对。

"你以为你聪明，不得了，做啥都能成？别做梦了，好好干老本行。"哥哥反对。

"眼下的好日子不过，瞎折腾。"周围的邻居不理解。

听到一片反驳之声，犹绍华没理会。他转身问他的妻子田友："从头再来，你怕吗？""你不怕，我就不怕。"田友理解丈夫。犹绍华顿时信心大增，拿着砍刀，拉着妻子的手，上山开荒去。

"你一干就成功转型了？"

"创业哪有那么容易的。"犹绍华朝我笑笑。他说，土地开荒出来，他先是从四川苍溪县采购来李子、桃子、板栗、石榴、梨子、葡萄等十多种果苗，花了好几万元，结果全部种死了。犹绍华百思不解，于是向当地的老农业员请教，亲自到四川苍溪、龙泉等地学习。老农业员告诉他，每一种果树，都有适合自己生存的土壤性质、气候以及海拔高度，你引进的那些果树，这儿都不适合它们的生长。原来种植也并不是件容易的事，犹绍华茅塞顿开。于是他买来专门种植果树的书籍挑灯学习，发现雷风垭那片地的海拔高度很适合种梨子，只是土壤要进行改良。犹绍华如获至宝，立马跑到重庆铜梁请教技术人员，并从铜梁引进先进的圆黄、六月雪等梨树新品种。为把雷风垭几百亩无机土改良成有机土，犹绍华又重新学习养殖技术，每年养殖几十头猪和羊，制造有机肥。

"现在不养猪和羊了？""不养了，我的土地全部改良成功了。"说到此，犹绍华无比兴奋。"现在我就专门种梨子了。我种的梨子味正、汁多、脆甜，销路好，每年到了采摘季，坐车来的，开车来的，订购的，络绎不绝。由于上山的人多，每次到了采摘季我都得请几十个人来维持秩序。安全是最重要的。"听到犹绍华娓娓道来，我知道，他的生态农业家庭农场已做得很成熟了。

"过程中遇到了那么多困难，想过放弃吗？""没有！"犹绍华答得坚定，"要想做事，遇到困难是正常的，这个我懂。我常跟朋友们说，做农业就像坐船，必须到了对岸才能下船。如中途下船，要么湿衣，要么淹死，对我都没有好处。"说完，犹绍华朝我笑笑，补充道，"也许我说得不好，但我就认这个理儿。""你说得好极了。"我夸他。

"我不懂他说得好不好，但他一直很坚持，很吃得苦。这一点是肯定的。"我的同学、犹绍华的妻子田友在旁边接过我们的话。田友说，酷夏之时，梨子正是长个儿的时期，梨树不能缺水，他们就得一天二十四小时待在山上给树浇水。她实在熬不住了，就在山上搭个帐篷睡会儿，而犹绍华却一刻不歇着，一直把水浇透才放心。

"他骨子里的那股创业劲，使不完。"我笑。"哪里是哟，他是太不懂爱惜自己身体了。"田友心疼自己的男人。"每年熬雪梨膏的时候，他更是辛苦。每熬一次得坚持坐七八个小时。有一次到半夜两点了，梨膏没熬好，他却坐着睡着了。"田友说得眼圈红红的。"干吗不请人呢？""熬梨膏得讲技术火候，别人来做他不放心。"原来，每一瓶雪梨膏都是犹绍华亲自熬出的。"东西好了才有人需要。我就是要保证它的质量，保证大家吃了确实对身体好。"犹绍华说，他们熬制的雪梨膏已销往甘肃、山东、浙江、海南、上海、福建、新疆等地，可以说全国各地都有他们雪梨膏的身影了。

"这么大一片梨树林，自己投入不少吧？"在犹绍华的生态农业家庭农场，放眼开去，他的房前屋后都是梨树。"我自己投入肯定也多，但这几年，政府对家庭农场的项目资金扶持给我们帮助也不少。果园内便道、蓄水池、防旱池、太阳能杀虫灯等都是靠政府的优惠政策投入安装修建的。我们是赶上好时候了。"犹绍华说得高兴，眼睛都眯成了一条缝。我看得出，他是发自内心的高兴。他这一片梨树，正在春日的阳光下，抽枝吐蕊，今年，又将是一个丰收年。

"一树梨花春带雨，"看着犹绍华夫妻俩充满希望的脸庞，我仿佛看到满山梨树花正开，春雨飘飘洒洒轻盈而来，静默中，一切美好！

自然之美

在父系社会的关系里，有"君臣、父子、夫妇、兄弟、朋友"的五伦之说。这是我们人类仿佛必须遵从的人际关系的准则、伦理法规和道德规范。细想，如果形成规范与准则，无形之中便有了约束力，感觉就有了力量的参与，不是自然地遵从，会觉得有所缺失。老子主张"无为而治"，把"有所为"形成一种自然而然的东西，即无为，这倒是还显得自然些了。在孟子的言论里，他说："老吾老以及人之老，幼吾幼以及人之幼。"尊敬老人和爱护小孩子，这是一件多么平常而自然应该去做的事。

今年教全新的一年级小朋友，从那一张张稚嫩的脸上，我真的看到了花一般的美好，自然而纯净，正如有晨光洒在它们身上，柔和而清新。

那是一个课间，一个小男孩上课玩东西被老师没收，就呜呜地哭。眼泪伴着他胖嘟嘟的小脸一直往下流。这时，几个小女孩和小男孩拿出纸巾，围在他身旁，轻轻地为他擦眼泪，边擦还边说："别哭了，流泪不是男子汉。""上课玩东西本来就不对，不要哭了。""你听话，老师就还你了。"我刚走进教室，远远地看到这一幕，觉得这是一幅多么美好的画面，尽管有泪水参与其中。我并没有走近他们，我怕我一走近，就破坏了画面的美感——自然之美。

　　这是一群多么可爱的小天使啊！他们那么小，却懂得关心人，劝慰人，且道理说得那么中肯。我真是爱上他们了。

　　那天和同事聊这群孩子，我说我教拼音，孩子们大多不会拼，我把所有可以用的时间都用上了，效果不见其好。我认为是我自己出了问题，方法不对，或者说是我不了解他们：有时高估了他们——拼音这么简单也不会；有时低估了他们——那么"大人"的话也会说得自然。现在看来，我确实有这样的问题。这群孩子，他们不管学没学会老师教的拼音，他们都在自然地成长，该懂的，自然会懂，该会的，自然就会。他们是可爱的，是值得我们每个人去爱他们，去护他们的。这份爱与护，是我们内心自发生出的，不是谁规定，也不应是伦理五常的教导——他们值得我们这样做。

　　还记得那天我在办公室教一个小男孩读翘舌 zh，我让他看着我的口形再读。为了达到效果，我口形做得夸张。他也努力地学着我夸张的样子，还眯缝着眼，有模有样地发着 zh 音，边发音身子边朝前倾——他做得多么努力。我看着他那样子，忍俊不禁。他看着我笑，也跟着哈哈大笑起来，惹得全办公室的老师也哈哈大笑起来。多么天真无邪的孩子啊！我紧紧地搂住了他，说："你学得好极了。"他又是一阵大笑。办公室的人都说，你教一年级教得多么快乐呀！我说，是，他们身上有一种自然之美，我舍之不得，便爱之。

　　道法自然，自然的东西无疑是最好的。每天看着这群孩子带给我最自然的声音与色彩，温度与情感，就如每天享受灵泉一般的音韵，多么美好！就像三只羊在草地，两只在吃草，一只在看花一般的美好。

旅行在路上，美丽在心中

A.S. 尼尔说，保守的人，其实就是那些想做而不敢做的人。我想，我应该算是一个保守的人。

近二十年的从教生涯，我屡次想走出自己的教育教学新天地，可也屡次被"不敢"而"禁锢"。囿于保守，我今天依然碌碌无为，可我依然深爱着这片土地——这片圣洁的土地。我一路前行，却亦如旅行在路上，收获一路美丽在心中。

在路上，我真的听见花开的声音！

一群六七岁的孩子，因特殊原因我给他们上过一堂语文课。从此，我每天都可以看到一张张灿烂的笑脸，在我眼里如花般绽放。我总是能听到亲切的呼唤："语文老师好！"我总是看到一个个小脑袋，在我办公室门前一闪，又一闪。他们笨拙的姿势，其实早在我的余光里。只是，我何必去揭开这纯洁的"窥探"呢？佛说，花开的声音，是无息，是静谧。我笑了，听见静静的花开，真好！

在路上，我真的闻到泥土的芬芳气息！

同学们都喜欢叫他洪，一个十二岁的少年。父母被称作傻子，附带着他似乎也傻。他常笑，同学们不管说对说错，他总是笑。看他傻傻地笑，同学们也笑。于是，沉闷的教室便会轻松起来。同学们都说，他是烂泥扶不上墙。他做不好作业，我从不骂他，却总是喜欢静静地看他。他很腼腆，总是逃离我的目光，然后低头做事。他总是为懒惰的同学洗碗，然后整齐地摆放在架子上。"累吗？"我问他。"不累。"他又是羞涩地一笑，跑开。一次开车在路上，远远瞧见他蹲在路边。干吗呢？我好奇，下车。竟然看到他正捧着一只受伤的小鸟说话："你受伤了吧！你妈妈呢？她会担心你吗？我的妈妈不会担心我。"说话的同时，我分明看到他黯然的目光。我惊叹，感慨，也欣慰！对，他是泥，却不是烂泥，而是会发出芳香的泥！"甘瓜苦蒂，天下物无全美。"忽然想到墨子的话，我突然明白。我深深地呼吸，泥土的芬芳直沁心脾，真好。

不记得谁说过，真正的幸福和愉快，包容于为社会、为民众、为人类不断地发现美、创造美的实践活动之中。行走于教育这条路上，我尽管保守，但我想，我应该是一个幸福而愉快的人。

付出，收获即在

——读《创造一间幸福教室》

走近李虹霞，走进她的《创造一间幸福教室》，整个人都幸福了起来。

李虹霞说，幸福是可以传染的。我想，我已经接收到这份传染过来的幸福了。

是的，很幸福！

李虹霞用她执着的精神、辛勤的付出，换取了她的"幸福教室"，也为她的学生们换取了幸福的人生。我们不得不为李虹霞而折服，不得不为她的学生而感到幸福。李虹霞说，她也是幸福的，我相信这一点。一个教师，拥有了如此优秀的学生，怎能不幸福？一个教师，让家长和学生如此依恋，怎能不幸福？一个教师，让社会各界如此肯定，怎能不幸福？

是的，李虹霞是幸福的！

一个三年级的班级，全班学生人均能背诵唐诗100多首，宋词30首，小古文50篇，人人能写一手漂亮的汉字，人人会用毛笔书写汉字，人人会吹奏葫芦丝，人人开通博客并会上传博文，人人能承担PPT制作任务……要知道，这可只是一群三年级的孩

子，他们本身的素质就有这么高吗？回答是否定的。这么高素质的语文素养是怎么来的？李虹霞老师培养出来的！

是的，李虹霞是幸福的！

一个昏睡多天的孩子，醒来后思维几乎回到婴儿时代，她却记得"李老师"。这是一种深入骨髓的依恋；一位学生家长给李虹霞写感谢信：我们的孩子没有错过幸福教室，更没错过您——我们心中梦寐以求的语文老师。这是家长多么中肯的赞扬。李虹霞，一个普通的名字，已让学生与家长铭记！

是的，李虹霞是幸福的！

美国最佳老师雷夫连连称李虹霞创造了中国教育的奇迹，这"幸福教室"是"中国式的第56号教室。"教育名家于永正称赞李虹霞，说她把"老师"几乎做到了极致。他说："一个视教育如生命的人，爱学生如己出的人，她所从事的教育就会无比璀璨。"

是的，李虹霞从事的教育已在中国教育这片领域中发出了璀璨的光芒！

我们肯定，李虹霞是幸福的，可这些光鲜的幸福背后是什么？不是泪水，不是委屈，而是一份坚强，一份执着，一份对教育的真挚情感，一份对学生不舍的爱恋。为了这份对教育对孩子们的情谊，李虹霞付出实在太多！

李虹霞，不知多少个夜深人静之时，在灯下为孩子们写教育管理、班级管理博文，看学生的博文；为给学生创造一种良好的家庭学习氛围，她不知给多少家长写过多少封信；为给孩子学习信心，不知多少次把孩子抱在怀里，给他们谈心；夜以继日地思考、实践，创造出一种新的适合孩子们，让孩子们快乐幸福学习

的语文教学方式——综合教育法……中午从不休息，就连生病住院，也早早地跑到教室；挤百忙中的时间，从一个城市飞到另一个城市，只是为了看望一名转学离开的学生……

李虹霞老师所做的一切，我深切地感受的，不只是感动，更多的是我不堪类比，我无法做到。我想，这是对教育、对孩子有着多么深厚情谊与真挚感情的人，才能做到！能说我不爱教育，不爱学生吗？不，我也爱。可与李虹霞老师相提并论，我发现自己出奇地渺小与不堪！还有什么资格谈亦爱教育？回首从教人生，我们真正为教育付出多少？为学生付出多少？不，我认为我遣词不当！我们当下有多少教师（亦包括我），皆还在视教育为一种职业，是一种谋生方式，怎么能说得上"付出"？我们做的，仅仅是一种工作，应该这样做的工作而已。谈"付出"，我们会无地自容！因为我相信，付出，收获一定即在！

我想，如果教师们人人都像于永正老师说的那样："像种一棵小树，把自己'种'在教室里。"那么，我们教师总会慢慢长大、长壮，枝繁叶茂！

愿得一人心，与君长相守

——散文集《听，花开的声音》后记

五月的乡下，一阵雨接着一阵雨后，草木就长得越发葳蕤。种满各种蔬菜的园子里，母亲和父亲正躬身劳作。在他们的呵护下，菜园一派生机勃勃。

莫问辛苦有多少，耕耘自有新收获。

是的，年年岁岁，我们劳作、耕耘，终会在前进的方向听到花开的声音，我们就可以满心欢喜，收藏一路芬芳，幸福开去。

五年了，十年了，或是更久远一些。从识得一些文字开始吧，可以从文字中感知醇香，走进书房里去，触摸一个个文字的温度、色彩及情感，可以痛他人之痛，喜他人之喜，怒他人之怒，可以收获一个个灵魂的高度、宽容与悲悯，那么，一横一竖，一撇一捺就有了生命，我们的生活就有了音符，人生有了乐章。突然觉得，一切那么美。

于是，祈愿有一支笔，伴我行走在岁月的长河，不离不弃。

然而，从文字到作品的过程中，我曾拥着一种可以低到尘埃里的自卑。最初读到刘半农、李叔同、胡适、徐志摩、冰心、林徽因、冯至、卞之琳等等大作家的文字，激动与兴奋无以言表。那些美到心坎里的文字，仿佛是一味味强心剂，刺激着我跃动的心。于是也冲动地敲击几行自己的文字，那个过程本是欣喜的，但之后细细读来，文字与作品的区别，立竿见影，自卑感油然而生。同样的中国汉字，仅仅是组合不同而已，差别竟是如此之大。那些作家们秀笔一挥，文字便如涓涓细流，流淌心田，慰藉心灵。而我的文字，显得那么笨拙、僵硬。

我一度认为，写作，是需要天分的，而我，却不具备。然而，对文字的向往与追求，一直在心头从未远去。静悄悄地行走，还显得那么小心翼翼。偶然间，一篇小作文在《万盛报》发表出来，仿佛一下重新识得了文字的价值，吸取了文字的营养。那颗快在文字里枯萎的心，重新被点燃。于是，我重新走到了叫写作的行列，从此，生活中有了一种乐趣，叫读书、写字。

于是，喜欢躺在床头与智者对话，思接千古。伏在书桌上，落笔写下喜欢的文字。一行两行，一篇两篇，积少成多。多年来，虽然文字还显稚嫩，但有朋友说，有进步，便也心生喜悦，笔耕不辍。

生活中，我努力用自己的眼睛发现美，感知情，感受人间花开、雨下，阳光的和煦，秋风的温柔，山川的壮丽，用心体悟人间亲情、友情、爱情带来生活的多姿多彩。

我清楚地知道，家是心灵的港湾，人生的驿站；是感情的归宿，灵魂的延续。有家才有温暖，有家才有幸福。心灵深处，永远都有那盏亮在黑夜里的灯，它会永远为我照亮归家的路。灯下，

有母亲的身影，父亲的牵挂……

我清楚地看见，花开人间，一切美好。不管是玫瑰、蔷薇，还是刺桐、含笑，那些来自花儿沁人心扉的馨香，滋养着我们的心灵，让生活充满芳香与色彩。慢下脚步，静静地听见花开的声音，真好。

我不是智者，但求仁爱。我爱着那片生养我的土地，几番轮回不散。思念从心底升腾，爱恋从草木中萌生。山水在，情怀在，懂得便好，可以笑看风云变迁。

那些心上曾经的千千结，夜过也。东风吹过，一年又一年，世事变迁。追忆里的流年，谁把谁的玩笑当成了真相，谁被谁的柔情扰乱了心房。或许，一切都是过眼云烟。

于是，就做一棵芦苇，立于风中。坚韧挺拔，或频频颔首，笑看人生过往，思虑世间沧桑。生命珍贵，每一次邂逅，都祈愿是美丽的相遇。愿携一生祝愿，走近你，或我，谱写生命的乐章。

在文字的深处，尽管我依然低在尘埃里，但相信有一天，也能开出花来，形如苔花，也愿得一人心，与君长相守。

落笔掩卷，费思量，自难忘。此散文集能顺利出版，得深深感谢身边的老师、朋友。多年来，他们总是谆谆教诲，时时鼓励，悉心指导。简云斌、罗昭伦、黄卓生、陶波等等老师、朋友的支持和帮助，一生铭记。祈愿散文集《听，花开的声音》能带给你一生美好，幸福永恒！

吴凤鸣

2019 年 6 月 6 日